"……앞으로
어떤 풍경이 펼쳐지고,
어떤 식으로 보일까."

"기대되네요, 아니스."
유피와 나란히 서서,
아직 완성되지 않은 도시를 바라보았다.
하늘에서는 별이 예쁘게 반짝이고 있었다.

7
유필리아 페즈 팔레티아
마젠타 공작가의 영애.
아니스피아를 위해
여왕으로 즉위했다.
아니스피아 윈 팔레티아
팔레티아 왕국 1왕녀.
마법을 동경하며 연구를 계속하고 있다.
전생 왕녀와 천재 영애의
마법 혁명
The Magical Revolution of
Reincarnation Princess and Genius Young Lady....

CONTENTS

A
Piero Kar
Illust
Yuri Kisa

The M
Revolu
Reincarnation Prince
Genius Young

전생 왕녀와 천재 영애의 마법 혁명 7

The Magical Revolution of Reincarnation Princess and Genius Young Lady....

저자 카라스 피에로
일러스트 키사라기 유리

[이전 줄거리]

마법을 동경하지만 마법을 쓰지 못하는 왕녀 아니스피아.
그녀는 천재 영애 유필리아를 약혼 파기로부터 구하고
공동생활을 시작한다.
유필리아가 왕이 되면서 아니스는 마학 연구에 집중하게 되고,
드래곤의 힘을 얻어 수명 문제도 해결하며,
마침내 그녀들의 「마법 혁명」이 본격적으로 시동한다.

[캐릭터]

일리아 코랄
아니스피아의 전속 시녀.

레이니 시안
약혼 파기 소동의 발단. 사실은 뱀파이어로, 현재는 별궁의 시녀.

아르가르드 보나 팔레티아
변방에서 근신 중인 아니스의 남동생.

아크릴
아르가르드의 영지에 흘러들어 와서 얹혀살고 있는 리칸트.

티르티 클라렛
저주에 관해 연구하고 있는 후작 영애.

가크 램프
아니스의 연구 조수. 근위 기사단의 수습 기사.

나블 스프라우트
기사단장의 아들. 지금은 아니스를 호위하고 있다.

하르피스 네이블스
마법 연구에 공적이 있는 영애. 현재는 아니스의 연구 조수.

Author
Piero Karasu
Illustration
Yuri Kisaragi

The Magical Revolution of Reincarnation Princess and Genius Young Lady....

오프닝

쌀쌀한 우기가 끝나고 아침이 완전히 포근해졌다.

그런 햇살과는 다른 온기를 느끼고 나— 아니스피아 윈 팔레티아는 빙그레 웃었다.

"……별일이네. 오늘은 내가 먼저 일어났구나, 유피."

여전히 잠들어 있는 사랑스러운 사람— 유필리아 페즈 팔레티아.

나는 유피의 잠든 얼굴을 바라보았다. 그저 그러고 있기만 해도 사랑스럽다는 마음이 끝없이 샘솟았다.

유피에게 안기지 않은 반대쪽 팔을 뻗어서 유피의 앞머리를 넘겼다. 유피는 작게 끙 소리를 냈지만, 아직 일어날 것 같지는 않았다.

"곧 빛의 상월이 되니까 제대로 일어나야지."

빛의 상월은 팔레티아 왕국에서 1년의 시작을 알리는 중요한 달이다. 우기에 영지로 돌아갔던 귀족들도 다시 왕도로 오고, 유피도 왕으로서 더욱 바빠진다.

솔직히 말해서, 노력가인 귀여운 애인을 좀 더 쉬게 해 주고 싶었다. 하지만 우리의 신분을 생각하면 어려운 이야기였다.

"아니지, 오히려 그렇기에 가능할 때 응석을 받아 주는 게 좋으려나…….”

사람들의 시선을 의식하여 행동해야 하는 것이 왕족이다. 나는 오랫동안 그 책무를 내팽개쳤지만, 새삼 짊어지니 무게와 답답함이 강하게 느껴졌다.

“기상 시각까지 아직 시간이 있으니까 좀 더 자라고 할까.”

“……그럼 그 시간을 제가 받아도 될까요?”

혼자서 중얼거리는데, 생각지 못한 대답이 들렸다.

자고 있었을 터인 유피가 나른하게 천천히 눈을 뜨고서 나를 보고 있었다.

“아, 미안. 깼어? 유피.”

“아뇨, 괜찮아요. 이제 일어날 시간이고…….”

“아직 좀 여유가 있어.”

“네. 그러니 아니스의 시간을 받으려고요.”

아직 잠이 덜 깬 눈으로 나를 바라보며, 유피가 목 쪽으로 손을 뻗었다. 우리 사이의 거리가 사라지고, 한동안 서로의 열을 교환하듯 입술을 맞댔다.

그것만으로도 행복했지만, 유피가 살며시 떨어져 나갔다. 만족스러운 듯 눈을 가늘게 뜨고서 미소 짓는 유피에게, 이번에는 내 쪽에서 키스하려고 했을 때였다.

“기침하셨나요? 유필리아 여왕 폐하, 아니스피아 전하! 들어가도 될까요?”

노크 소리가 나고 들린 것은 활기찬 인사였다.

유피에게 다가가려던 자세로 멈춘 내 입술에 유피가 손가락을 올렸다. 그 동작이 아주 소악마 같았다.

"아쉽네요."

"으으, 시간이 너무 빨리 흘러가. 모처럼 일찍 일어났는데……."

"자, 일어나죠. 오늘도 바빠질 거예요, 아니스."

"응. 오늘도 힘내자, 유피."

포개기만 하는 키스를 한 번 나누고. 그 후 이마를 가볍게 맞대고서 몸을 일으켰다.

"샤르네! 좋은 아침이야. 들어와도 돼!"

"네, 실례합니다!"

문을 향해 대답하자, 메이드복을 입은 씩씩한 소녀가 들어왔다.

저번에 시찰 나가서 만났던 퍼시먼 자작가의 영애, 샤르네였다.

샤르네는 굳이 영지에서 나와 별궁의 메이드 모집에 지원했다.

아는 얼굴이기도 했고, 나와의 상성도 좋고, 무엇보다 성실하며 부지런했기에 일리아가 내 전속으로 붙여 줬다. 나로서도 고마웠다.

"좋은 아침이에요, 샤르네. 오늘도 기운이 넘치네요."

"네! 그게 제 장점이니까요! 유필리아 여왕 폐하의 채비도

준비되어 있어요!"

"그럼 저는 옷을 갈아입고 올게요. 이따 봐요, 아니스."

"이따 봐, 유피."

손을 흔들고 겉옷을 걸친 유피가 방을 나갔다.

샤르네는 꾸벅 인사하여 유피를 배웅하고 번쩍 고개를 들었다. 그 동작이 용수철 인형 같아서 무심코 웃어 버릴 뻔했다.

"그럼 아니스피아 전하의 채비를 도와드릴게요!"

"응, 오늘도 잘 부탁해."

"맡겨 주세요! 일리아 님의 기대에 부응해 보이겠어요!"

밝은 샤르네를 보고 있자니, 고향 영지의 상황이 심각했을 때보다도 정말 명랑해졌다는 생각이 들었다. 아주 좋은 일이다.

세수하고 옷을 갈아입는 동안, 샤르네가 여기서 일한 날짜를 헤아려 보았다.

"샤르네가 별궁에 온 지 벌써 반년인가?"

"네, 맞아요!"

"우기에 고향에 안 갔지? 영지는 괜찮아?"

"저는 이제 막 일하기 시작했으니까요! 그리고 영지는 걱정하지 마세요! 유필리아 여왕 폐하께서 지원해 주시기도 해서 회복되고 있어요. 이것도 다 큰 피해가 생기기 전에 펜리르를 토벌해 주신 아니스피아 전하 덕분이지만요!"

“그렇게 칭찬하지 않아도 되는데……. 그렇구나, 퍼시먼 자작도 열심히 하고 있나 보네.”

퍼시먼 자작령은 마물 습격으로 큰 피해를 입었었다. 한때는 작위 반환도 고려했을 정도였지만, 영지의 가치를 생각하면 그건 아깝다면서 유피가 부흥을 지원했다.

팔레티아 왕국은 지금 변혁이 한창이었다.

내가 연구한 마학을 보급하게 되면 지금보다도 많은 정령 자원이 필요해질 것이다.

그런 와중에 향후 큰 자원지가 될 퍼시먼 자작령이 이대로 쇠퇴하는 것은 아까운 일이었다.

자작의 인품도 믿을 만했고, 결과적으로 이 지원은 성공했다고 할 수 있었다.

그런 인연도 있어서 샤르네라면 일을 잘할 거라고 판단하여 지금의 위치를 준 건데, 부지런한 아이인지라 좋은 인연을 얻었다고 생각한다.

“아니스피아 전하의 오늘 일정은, 오전에 티르티 님이 진찰하러 오시기로 되어 있어요.”

“아아, 그랬지, 참. 진찰인가…….”

“네. 오후에는 항상 오시는 분들이 연구실에 모일 예정이에요.”

“슬슬 우리도 움직여야 하니까 말이지. 그럼 티르티가 먹을 점심도 준비해 달라고 해 줘. 오후의 예정에도 그대로 참

가할 거니까."

"알겠습니다. 전해 둘게요!"

쾌활한 샤르네와 이야기하다 보면 기운을 나눠 받는 기분이다. 우리에게 은혜를 입었다는 점도 크겠지만, 이 좋은 성격을 일리아는 높게 평가한 거겠지.

"지지 않게 노력해야겠네."

자, 오늘도 하루가 시작된다.

* * *

"몸 상태는 어때? 아니스 님."

"좋아, 좋아. 특별히 문제도 없이 건강해!"

"그래? 그것참 아쉽네."

"야야."

아침을 먹고 조금 있으니 티르티가 별궁에 왔다.

내 방에 들어온 티르티는 내 얼굴을 보자마자 그렇게 말했다. 진짜 몇 년이 지나도 한결같네. 샤르네 같은 아이가 늘어나서 더 그렇게 느껴진다.

"문제가 없는 건 좋은 일이지만…… 그건 그것대로 내가 곤란해. 경과를 관찰 중인 몸으로서 재미없…… 아니, 불안해지거든."

"그냥 평범하게 말해 버려. 재미없다고."

“맞아, 재미없어. 좀 더 한눈에 알 수 있는 요란한 변화 같은 거 없어? 어때, 드래곤이 된 왕녀님?”

“말했잖아. 드래곤의 힘을 체화했을 뿐, 아직 인간의 범주에 들어간다고~!”

“……이래 봬도 진심으로 걱정하고 있어.”

살짝 장난스럽게 대꾸하자, 티르티는 진지한 표정이 되어 그렇게 말했다.

지금은 장난칠 때가 아니었다. 살짝 미안했다. 아무리 상대가 티르티여도, 방금 그건 내가 잘못했다.

“그 「뱀파이어 사건」으로부터 1년이 지났는데, 정말로 겉모습은 인간 그대로네. 손톱이나 송곳니는 변화시킬 수 있지만, 그건 뱀파이어한테서 얻은 형질 같고. 꼬리나 날개 같은 건 안 생기는 거야?”

“걱정한다고 말하자마자 그 발언은 좀 그렇지 않아?”

“그건 그거고 이건 이거지.”

“티르티는 내가 어떻게 되길 바라는 거야?”

“어떻게 되길 바라는 게 아니라, 뱀파이어한테 물렸는데 이상하게도 뱀파이어가 되지 않은 아니스 님에게 이변이 일어나지 않았는지 신경 쓰고 있는 거야.”

티르티가 말한 뱀파이어 사건. 일찍이 금기라고 불릴 수단으로 스스로를 마물로 바꾼 마법사가 있었다. 그 마법사는 후에 뱀파이어라고 불리게 되었다.

너무나 끔찍한 일이라 숙청당한 뱀파이어는 사실 살아남았고, 도망친 뒤에 몰래 규모를 키우며 이웃 나라를 가장해 잠복해 있었다.

그들은 마법의 진리를 탐구하기 위해, 자신들을 인정하지 않은 팔레티아 왕국에 복수하기 위해, 도망친 곳에서 연구를 계속했다.

하지만 일족의 집대성이자 최악의 이단아가 태어나면서 파멸하기 시작했다.

뱀파이어의 운명을 끝낸 그녀의 이름은— 라일라나.

뛰어난 뱀파이어였던 라일라나는 영원한 세계를 만들어내는 것이 자신의 지향점이라고 결론을 내렸다. 모든 생명을 자신이 삼켜서 지배하에 두는 방법으로.

'……지금도 라일라나는 선명하게 생각나.'

1년이 지난 지금도 돌이켜 보면 생각한다. 그 아이는 내가 될 수 있었을지도 모르는 또 다른 모습이라고.

누구와도 이상을 공유하지 못하고, 그저 마법만을 멋진 것이라고 여기고, 그것만을 추구하며 주위에 해를 끼치는 괴물.

그리고 아무리 서로를 이해해도 손을 맞잡을 수 없었던 사람이다.

한없이 괴물이었고, 그만큼 인간적이기도 했던, 잊을 수 없는 상대.

그런 라일라나와 싸웠을 때, 나는 뱀파이어의 정점인 그녀의 힘에 저항하기 위해 드래곤의 힘을 완전히 내 몸에 받아들였다.

그 결과, 내 체내에 드래곤의 마석이 재형성되면서 나는 사람이자 드래곤인 존재가 되었다.

티르티가 내 경과를 관찰 중인 것도 그런 특수한 상태인 나의 변화를 놓치지 않기 위해서였다. 티르티의 취미라는 것도 부정은 할 수 없지만.

"근데 1년간 얌전히 지낸지라 아무 일도 안 일어났단 말이지."

"그렇다고 변화가 전혀 없는 건 아니잖아? 뭐, 반은 뱀파이어 같은 거니까 레이니의 진료 기록도 참고가 됐지만."

"마력만 다른 게 아니라 마석을 추구한다는 점도 다르려나. 내 몸은 좀 더 마물에 가까운 걸지도 몰라."

마물은 강해지기 위해 다른 마물을, 그리고 마석 개체를 노린다.

그걸 본능이나 충동 같은 것으로 느끼게 되었다. 억누르지 못할 정도는 아니지만, 오래 참으면 허기가 지게 된다.

드래곤의 각인문을 통해 드래곤의 마력을 썼을 때와 같은 충동. 그것이 더 심해진 감각은 솔직히 기분 나빴다.

"뱀파이어의 마석이 인간의 몸에 맞게 적응한 거라면, 드래곤의 마석은 드래곤 쪽으로 인간의 몸을 변질시키는 거지. 그런 차이 아닐까?"

"덕분에 또 이 마약(魔藥)을 먹게 됐지……."

"쓰임새가 생겨서 다행 아니야?"

"이걸 먹으면 유피의 시선이 따갑단 말이야~!"

드래곤의 각인문을 새기면서 마약은 불필요해졌었으나. 원재료가 마석이라서 충동을 가라앉히기 위해 다시 복용하고 있었다. 지금의 나에게는 안정제에 가까웠다.

하지만 본래의 효과가 효과인지라, 이걸 먹으면 유피가 몹시 불만 가득한 얼굴로 노려본단 말이지…….

"예전만큼 흉흉한 물건은 아니게 됐지만."

"뭐, 그렇지. 효능 자체를 억제하여 만들면 충동만 서서히 가라앉으니까."

"그런 의미에서 보면 큰 변화가 없는 게 오히려 건강하다는 증거인 것 같은데. 평소와 다른 느낌을 받으면 바로 말해."

"나보다 유피가 먼저 부를 것 같아……."

"아아…… 그 사건 이후로 상당히 과보호하게 됐지."

불쌍하다는 듯 목소리를 낮추고 중얼거리는 티르티를 보며, 나는 슬쩍 한숨을 쉬었다.

"많이 진정됐지만, 자칫 잘못했으면 더 심각한 일이 벌어졌을 수도 있으니까. 어쩔 수 없어……."

라일라나와 싸우면서 나는 뱀파이어가 될 뻔했었다.

뱀파이어화에 저항하기 위해 드래곤화하여 자아를 유지할 수 있었지만, 만약 뭔가 하나라도 잘못됐다면 나는 여기 없었을지도 모른다.

내가 사라질지도 모른다는 현실을 유피는 목격하고 말았다. 유피에게 그건 견디기 힘든 공포였다.

라일라나 사건의 뒤처리가 끝나고 나서도 내가 곁에 없으면 안절부절못하고 악몽을 꾸는 등 정신적으로 불안정했었다.

"평소에 너무 완벽해서 잊게 되지만, 유필리아 님은 나보다 연하였지."

"걱정 끼치고 싶어서 끼친 건 아니지만……."

"왕국의 문제가 될 수 있는 괴물이 연달아 나타나는 건 사양이야. 드래곤에 뱀파이어라니. 작년엔 평화로웠던 게 새삼 감사하네."

"작년이 정말로 평화로웠던 만큼, 그 전이 진짜……."

"뭐, 아니스 님이 요양을 겸해 별궁에 틀어박혀 있는 동안에도 이런저런 일이 있었지만. 이를테면 아르가르드 왕자가 남작 작위를 받았다든가."

아르 군의 얘기가 나온 순간, 나는 애매한 표정을 짓고 말았다.

기쁘기도 하고, 미안하기도 하고, 그런 마음이 들었다.

"아르 군의 작위는…… 명목은 특별 사면이고, 가혹한 변방의 개척이라는 궂은일을 맡은 것처럼 보이지만. 실제로는 뱀파이어들의 뒤처리를 위해 아르 군이 움직이는 데 필요해서 주어진 거니까."

"뱀파이어가 팔레티아 왕국을 위협했다는 사실은 아직 공표하지 않기로 했으니 말이지."

티르티가 말한 대로, 라일라나와 뱀파이어 일족의 존재는 공표하지 않았다.

그때 같이 싸워 준 기사와 모험가들에게는 훈장을 줘야 한다고 생각하지만, 공표할 수 없기에 훈장을 줄 수도 없었다.

그 대신 아르 군에게 남작 작위를 내리고, 같이 싸웠던 기사와 모험가들은 정식으로 신하로 들이게 되었다.

그렇게 그들은 아르 군과 함께 뱀파이어를 아는 드문 존재로서 변방을 조사하고 개척하게 되었다. 거기서 일정한 성과가 나온다면 정식으로 훈장을 수여할 예정이다.

"아르 군이 변방을 개척하여 영지로 삼으면, 살아남은 뱀파이어나 아인들이 없는지 조사하고 보호할 수 있는 거점이 돼. 비밀을 숨기기에는 딱 좋아."

"언젠가 공개하더라도 지금은 아닌가……. 아르가르드 님도 힘들겠어."

"손해 보는 역할을 맡는 건 익숙하다고 빈정거렸어. 그래도 라일라나 일로 가신이 된 사람들과 일치단결하게 됐고, 옆에 아크릴이 있으니까 걱정은 안 해."

"아아, 그 리칸트 아가씨? 장래에 아르가르드 님의 아내가 되는 거야?"

"그렇게 된다면 나로서도 안심이지."

이히히 웃으며 아르 군과 아크릴의 밝은 미래를 상상해 보았다.

나도 인간이 아닌 존재가 되어 버렸고, 아무래도 그 두 사람의 관계와 앞날이 신경 쓰인단 말이지!

“잘된다면 그렇다는 거잖아? 변방이 가혹하다는 점은 변함없어.”

“그건 그렇지만……. 자연은 풍부하니까 먹을 건 걱정 없는데, 그것만으로는 살아갈 수 없지.”

“변방을 지원하는 것도 쉽지 않고.”

“에어바이크를 좀 더 크게 만든다면 하늘로 수송할 수 있을 것 같은데, 아직 무리려나.”

“그러고 보니 슬슬 시작되지? 왕도의 노후화 대책으로 대규모 수선 작업을 한다며.”

“맞아, 맞아. 역사적인 문화를 보존한다는 명목으로 말이야.”

“그래서 「그 이야기」가 나온 거고?”

“……뭐, 응.”

「그 이야기」라고 티르티가 말을 꺼내서 나는 쓴웃음을 짓고 말았다.

“「그 이야기」가 나오기 전에는 왕도에 마학을 연구하는 시설을 만들고 싶었는데…… 기각당한 이유가 이유다 보니.”

“마법부가 반대했다고 그랬나? 개네들, 아직도 아니스 님을 보면 부들거려?”

"나를 공포의 화신처럼 말하지 마."

"비슷하잖아."

티르티가 어이없다는 듯 콧방귀를 뀌었다. 나도 모르게 이를 갈았지만, 실제로 마법부와의 관계는 좋다고 할 수 없었다.

"나도 납득했어. 왕도의 문화를 보존하기 위해 경관을 유지하여 남기는 건 좋은 일이라고 생각해. 그래서 왕도에 마학 연구소를 짓는 건 포기했어."

"참 착하네…… 아~ 싫다, 싫다. 완전히 둥글어졌어."

"어른이 됐다고 말해 줬으면 좋겠네!"

예전에 나와 으르렁거렸던 마법부는 내가 요양하느라 얌전히 지내는 사이에 재편이 끝나, 새로운 체재로 재출발하게 되었다.

지금도 사고방식의 차이로 의견이 부딪칠 때가 있지만, 이전의 마법부와 비교하면 제대로 얘기도 들어 주고, 대립하면서도 대화가 가능해졌다.

유피는 내 편이지만, 동시에 귀족들을 아우르는 왕이기도 하다. 전체의 이익이 된다면 나한테 참아 달라고 하기도 한다.

나는 이전의 환경이 너무 열악했기에 그렇게 참는다고 생각 안 하지만, 오히려 그래서 더 나를 신경 쓰고 있는 것 같기도 하다. 섣불리 폭발시키지 않으려는 거겠지만…….

"근데 진짜 괜찮아? 마법부와 싸운다는 생각은 안 하고 있을지도 모르지만, 그 이야기는 아니스 님을 왕도에서 쫓아내는 거라고 해도 부정할 수 없잖아?"

"괜찮아. 유피도 인정한 계획이고, 향후를 생각하면 필요한 일이니까."

티르티가 눈을 가늘게 뜨고 물어서 나는 거리낌 없이 웃었다.

1년간 나는 얌전히 지냈다. 하지만 요란하게 움직이지 않았을 뿐, 이 계획은 예전부터 진행했던 거였다. 맨 처음 들었을 때는 깜짝 놀랐지만.

후우, 하고 한숨을 쉰 티르티는 앞머리를 쓸어 올리며 중얼거렸다.

"—마학을 연구하고 보급하기 위해 「도시 하나를 새로 만들게」 될 줄 누가 알았겠어."

1장 새로운 시도

「신도시 계획」.

그 이야기가 움직이기 시작한 것은 라일라나가 일으킨 사건으로부터 4개월쯤 지났을 때까지 거슬러 올라간다.

그날, 왕성의 회의실로 호출받은 나는 처음으로 그 이야기를 들었다.

"신도시 계획?"

"네, 아니스. 실은 그런 얘기가 나왔거든요."

나는 눈을 동그랗게 뜨며, 유피에게 들은 말을 따라 하듯 중얼거렸다.

오늘 있을 회의에 출석해 달라고 그녀가 부탁해서 왔는데, 그렇게 듣게 된 내용에 놀랄 수밖에 없었다.

"이야기가 거의 정리되어서 이제 말할 때가 된 것 같아 아니스를 불렀어요. 이 신도시 계획의 책임자로 아니스를 임명하고 싶어요."

"으음~ 나를 고른 이유는? 나한테 도시를 만들라고 해도……."

유피가 왜 나를 책임자로 임명하고자 하는지, 그 의도를 파악할 수 없었다.

애초에 왜 도시를 새로 만든다는 계획이 나온 걸까?

제대로 이해하지 못하는 내 반응을 보고 유피가 부드럽게 미소 지었다.

"그럼 설명할게요. 왕도의 노후화된 건물을 수선하고 정비한다는 얘기는 기억하시나요?"

"기억해. 그래서 내가 마학 연구 시설을 지으면 안 되냐고 제안했던 거니까."

"네. 왕도의 경관을 유지하고 문화를 보존하는 걸 우선해야 해서 그 제안은 기각했죠."

"그에 관해서는 납득했지만, 그 얘기가 왜 신도시 개발로 비약하는 거야? 왕도에 연구 시설을 짓는 건 안 되지만, 새로운 도시에는 지어도 된다고 말하려는 건 아니지?"

"바로 그겁니다, 아니스피아 전하."

내가 가볍게 웃어넘기듯 말하자, 예상하지 못한 곳에서 목소리가 날아들었다. 긍정한 사람은 마법부의 젊은 수장이 된 랑그였다.

내 탄생제의 성공과 정령 현현의 가능성을 보인 공적으로 두각을 드러내면서 랑그의 발언력은 높아지고 있었다. 그런 랑그가 신경질적으로 안경을 치켜올리며 나를 보았다.

"아니, 랑그. 여긴 나도 어떻게 된 거냐고 묻고 싶은데……?"

"그럼 여기서부터는 제가 설명해도 되겠습니까? 유필리아 여왕 폐하."

"잘 부탁드려요, 랑그."

"이번 계획의 발단은 마학 보급이 진행되며 생긴 문제 때문입니다."

"문제……."

"나쁜 의미로 말한 건 아닙니다. 아니스피아 전하의 연구 활동으로 팔레티아 왕국은 새로운 산업을 손에 넣었다고 해도 과언이 아닙니다. 그건 아주 기쁜 일이라고 생각합니다."

"응, 고마워. 근데 문제라는 건?"

"문제는, 마학이 전파되어 마도구 보급이 진행되면 마도구에 사용되는 정령석의 가격이 급등할지도 모른다는 점입니다."

"지금까지는 국민의 생활과 수출 등에 쓰였던 정령석의 용도가 늘어나는 거니까 말이지."

"네. 하지만 유필리아 여왕 폐하께서 자원 채굴지가 될 수 있는 영지를 직접 지원하셨기에 급격한 폭등은 피할 수 있을 것 같습니다. 그래서 다음 문제를 생각해야 하는 게 아닌가 하는 겁니다."

"다음 문제라면…… 역시 연구의 규모려나?"

"맞습니다. 자원에 문제가 없는 이상, 마학 발전을 늦출 이유는 없습니다. 그리고 당연한 얘기지만, 연구 규모를 키울 수 있다면 그게 가장 좋다고 아니스피아 전하도 생각하실 겁니다."

"그건, 뭐, 그렇지……."

"마학은 앞으로도 계속 발전하겠지요. 하지만 언젠가부터 새로운 것만을 추구하여 전통적인 정령 신앙이 잊힐 우려도 있습니다. 그렇게 되었을 때, 신앙을 중시하는 자들의 반발이 커지면 난장판이 되는 겁니다."

"그래서 왕도에 마학 연구소를 지으면 안 되냐고 했을 때 반대한 거구나."

"맞습니다. 이해해 주셔서 정말 감사했습니다."

마학, 그리고 마학으로 만드는 마도구는 팔레티아 왕국에서 혁신적이다.

좋은 것을 만들어 나갈 생각이긴 하지만, 새로운 것만을 좋게 여기다 보면 기존 문화의 쇠퇴를 초래하게 된다.

마법을 대신하는 마도구가 퍼지면, 마법으로 권익을 얻던 귀족들의 반발은 피할 수 없다.

급격한 변화는 마찰을 일으킨다. 그 영향으로 다시 내란이 벌어질지도 모른다. 그걸 피하기 위해서도 유피는 아바마마와 그란츠 공에게 도움을 받아 정치적인 조정을 이어가고 있었다.

유피가 마학을 추진하는데도 내 생각대로 일이 진행되지 않는 것은 귀족들을 배려하기 때문이었다. 아쉽긴 하지만, 당연하다고 납득하고 있다.

"하지만 마학 연구 시설을 왕도에 짓는 게 문제인 거지, 연구의 규모를 키우는 데 이견은 없습니다. 그렇다면 아예 마학을 위한 도시를 건설하는 게 좋지 않을까 생각한 겁니다. 이 점은 유필리아 여왕 폐하께서도 찬동해 주셨습니다."

"저는 랑그의 제안에 찬성하는데, 아니스는 어떤가요?"

"경위와 이유는 알겠지만, 진심으로 하는 소리야……? 규모가 너무 커서 깜짝 놀랐어……."

나는 동요를 감추지 못했다. 마학 연구소가 생기면 좋겠다, 하는 생각으로 제안했지만 거절당하고, 그랬는데 이번에는 규모가 훨씬 커져서 돌아왔다. 당장은 받아들이기 힘들었다.

그런 나를 보다 못했는지 랑그가 가볍게 헛기침하고 입을 열었다.

"이 얘기는 저희 마법부에도 의도가 있어서 꺼낸 겁니다. 현재 귀족과 평민 사이에는 깊은 골이 있습니다. 그 골을 메꾸기 위해 문제를 규명하고 있습니다. 특히 왕도 한편에 슬럼가가 형성되어 있는 문제는 시급히 해결해야 합니다."

"아아, 응…… 그렇지."

왕도의 슬럼가. 그 문제는 나도 잘 안다. 모험가 시절에 엮인 적이 있기 때문이다.

생활하고 싶어도 갈 곳이 없고, 그래도 어떻게든 기회를 잡으려고 왕도에 온 사람들. 그렇게 일을 얻는다면 좋겠지만, 그리 간단한 얘기는 아니다.

개중에는 하루 먹고살 돈을 벌기 위해 모험가가 됐으나,

의뢰 도중에 크게 다쳐서 결국 이도 저도 못 하게 되는 사람도 있었다.

그렇게 길거리에 나앉게 된 사람들이 모여서 생긴 것이 슬럼가였다. 아바마마도 이 문제 때문에 골머리를 썩였지만, 구체적인 해결법을 내지 못했다.

"슬럼가 문제는 마학 보급으로 발생할 수요가 일자리를 창출하여 해결될 거라고 생각합니다."

"일자리가 있다면 사람은 먹고살 수 있으니 말이지."

"그걸 위해 국가가 해야 할 일은 빈민층을 받아들일 기반을 다지는 겁니다."

"그래서 일자리 창출의 일환으로 노후화된 건물을 새로 짓는 거야?"

"네. 하지만 그동안 슬럼가 주민들이 살 곳이 없습니다. 왕도 재정비에도 사람을 고용할 수 있지만, 일손이 더 필요한 공공사업을 벌이는 게 어떨까, 생각한 겁니다."

"그래서 마학을 연구하는 도시를 만든다고? 대담한 생각을 했네, 랑그."

"아니스피아 전하에게 대담하다는 말을 듣다니 황송합니다."

"……그거 칭찬이야, 욕이야?"

랑그와 그런 대화를 나누고 있으니, 유피가 키득키득 웃었다.

시선을 주자 유피는 곧장 기분을 추스르는 것처럼 가볍게 헛기침했다.

“어때요? 저로서는 꼭 추진하고 싶은 이야기예요.”

“기쁜 얘기지만, 갑자기 책임자가 되라고 해도…….”

“명목상으로는 아니스피아 전하가 주도하는 것이 되겠지만, 실제로 일할 인재는 유필리아 여왕 폐하와 협의하여 선발할 생각입니다.”

“책임자이긴 해도 아니스는 마학 연구에 집중해 줬으면 하니까요.”

“으음~ 나는 이름만 대고, 정치 쪽으로는 허수아비로 있으면 된다는 거야?”

“아니스피아 전하가 적절한 부하에게 일을 위임한다고 말하는 게 맞겠죠.”

랑그는 안경을 치켜올리며 그렇게 말했다. 안경의 각도 때문에 랑그의 눈이 잘 안 보였다. 하지만 나를 매우 노려보고 있다는 건 알 수 있었다.

“도시 관리 등을 맡을 인원은 저희 쪽에서 마련할 생각입니다. 하지만 도시를 만들더라도 마학을 잘 이해하는 사람이 아니라면 도시의 전체상이 보이지 않겠죠. 그런 점도 있어서 아니스피아 전하를 책임자로 임명해야 한다고 생각합니다. 도시를 운영하는 데 필요한 의견을 묻는 일은 있을 겁니다.”

“으음…… 알았어. 그런 거라면 내가 책임자가 될게.”

요컨대 도시급으로 큰 연구소가 생긴다고 생각하면 된다. 그 결과, 마학과 마도구가 퍼져서 사람이 모이고. 그 사람들이 마을을 만들고. 관리 자체는 대리인이 해 준다.

그런 거라면 나도 맡을 수 있을 거다. 도시 하나를 관리하라고 하면 연구와 병행할 수 없겠지만.

내 대답을 듣고 랑그가 점잖게 고개를 끄덕였다.

"허락해 주셔서 감사합니다. 그럼 이어서 말씀드리겠는데……."

"얘기할 게 더 있어?"

"당연하죠. 정해야 할 일이 수두룩합니다. 우선 아니스피아 전하가 신도시의 책임자가 되어 주신다면, 근위 기사단을 일부 독립시켜 아니스피아 전하의 전속 기사단으로 만들 생각입니다."

"내 전속 기사단?!"

"그에 관해서는 제가 설명하겠습니다."

랑그의 설명을 이어받듯 말한 사람은 그란츠 공이었다.

그란츠 공이 이야기하면 긴장하게 되는데, 유피의 반응이 좀 신경 쓰이기 때문이다.

이 두 사람이 의논을 시작하면 불똥이 튀어서 여파만으로도 위가 쓰리다.

"새로운 기사단의 역할은 두 가지입니다. 첫째는 시안 남작처럼 마도구 사용법을 배워 다른 기사를 가르칠 수 있는 자를 육성하는 것. 둘째는 아니스피아 전하를 호위하고 마학의 기밀을 지키는 것입니다."

"여러 가지 의미에서 내 전속 기사단인 거네……."

"원래부터 아니스피아 전하는 평민과 하급 귀족 출신 기사에게 인기가 높으시니, 향후 마도구의 발전을 고려하면 희망자를 모아 기사단을 따로 만드는 게 좋겠다고 생각했습니다."

"독립시키면 파벌 같은 게 생길 것 같은데, 그건 괜찮아요? 자칫 잘못하면 격차가 생길 수도 있잖아요."

그란츠 공의 이야기를 듣고 가장 먼저 걱정된 것이 그 점이었다.

귀족과 평민 사이에 생긴 오랜 골을 메꾸려는 와중에 파벌이 갈라져도 되는 걸까?

"아니스, 정치 문제는 제 역할이니 맡겨 주세요. 그리고 세상이 달라지고는 있지만, 마학과 마도구에 의문을 가진 자도 적지 않아요."

"유피…… 정말 괜찮은 거야?"

"언젠가는 서로 다가서도록 만들 생각이지만, 당장 바뀔 수 있는 일은 아니에요. 그러니까 제가 정치로 어떻게든 하려는 거죠. 믿어 주세요."

내 불안은 기우라는 듯, 유피는 활짝 웃으며 그렇게 말했다.

그렇다면 내가 멈춰 서 있을 수는 없다. 당당하게 전력으로 임하자.

“알았어. 유피가 그렇게 판단한다면 내 전속 기사단을 만드는 것도 동의해. 일손이 필요해질 건 틀림없으니까.”

“도시 건설 현장에서는 독립된 기사단에 더해 모험가를 고용하여 호위할 생각이에요. 연초에는 착수하고 싶네요.”

“그러면 실제로 신도시를 어디에 건설할지 지금 여기서 검토해야 하지 않겠습니까?”

그란츠 공이 대수롭지 않게 말한 순간, 유피와 그란츠 공 사이의 분위기가 바짝 긴장되었다.

유피는 단아하게 웃으며 그를 보았다. 나를 향한 게 아닌데도 압력이 느껴지는데, 당사자인 그란츠 공은 태연했다.

그런 두 사람의 모습에 다들 엮이기 싫다는 티를 냈다.

“마젠타 공작. 신도시 건설지는 아니스의 의견을 듣고 나서 정해도 늦지 않아요.”

“늦지는 않겠지만, 후보 선정도 병행해서 진행해야 하지 않겠습니까. 유필리아 여왕 폐하께서 지휘하신 강기숙정의 영향으로 영지를 반환하겠다는 귀족도 많이 나와서 각 영지의 조정이 필요한 상황입니다.”

“아…… 혹시 신도시 계획을 진행하려는 게 그것과도 관련 있는 거예요?”

“맞습니다, 아니스피아 전하.”

그란츠 공이 긍정해 줘서 나는 또 하나 납득할 수 있었다.

라일라나가 일으킨 사건 후, 내가 요양하고 있을 때도 유피는 국정을 보느라 바빴다.

그중에서도 힘을 준 것이 강기숙정이었다. 앞으로 평민과의 골을 메꾸려면 귀족들도 자세를 바로 해야 한다고 생각했기 때문이다.

조사 결과, 퍼시먼 자작령처럼 마물 피해나 자연재해로 영지 운영이 힘들거나, 사리사욕을 채우기 위해 과하게 세금을 거두는 등 문제가 있는 영지가 몇 군데 확인되었다.

그래서 왕가에 영지를 반환하거나, 심하면 징수되는 상황이 벌어졌다.

땅을 놀릴 수는 없기에, 왕가가 관리하면서 근처 영지와 통합하느냐, 아니면 새로운 귀족을 영주로 두느냐, 밤낮으로 의논이 오가고 있었다.

그랬구나. 그런 문제도 있어서 마학을 위한 도시를 새로 만들어도 좋겠다고 판단한 거다.

"이번 회의에서 입지 선정까지 진행할 필요는 없겠지만, 본격적으로 도시 건설이 시작되면 아니스피아 전하는 책임자로서 현지에 가는 일이 늘어나실 겁니다. 일찌감치 정하면 조정하기도 쉽고, 주변 영주에게 협력을 얻을 수도 있습니다. 이 일에 관해서는 유필리아 여왕 폐하께 재가를 받기 위해서도 협력해 주셨으면 합니다."

"……그러네요, 마젠타 공작. 이 신도시는 팔레티아 왕국의 미래에 중요한 역할을 할 거예요. 중요도가 높으니 먼저 결정해 두는 게 가장 좋겠죠. 아니스의 의견을 듣고 조기에 후보를 선정하죠."

유피는 여상한 얼굴이었지만 눈이 안 웃고 있었다. 그런 유피를 보고 그란츠 공은 고개를 끄덕였다.

*　*　*

"알고는 있어요. 아니스는 신도시의 책임자로서 현지에 가야 해요. 저는 그걸 따라갈 수 없고요!"

"응응, 이해해……."

"받아들여야 한다는 건 알아요! 그런데 그 사람은 제 심정을 아는지 모르는지, 깐족깐족 듣기 싫은 말만 하고……!"

"오~ 그래그래. 유피는 기특해. 열심히 하고 착한 아이네."

"더 쓰다듬어 주세요……."

아주 긴장감 넘쳤던 회의가 끝나고 그날 밤, 유피는 내 배에 얼굴을 묻듯 안겨 있었다.

머리를 문지르며 힘을 쭉 빼고 있는 모습은 왕으로 행동할 때와 상당히 차이가 났다.

이건 중증이네, 하고 쓴웃음을 짓고 말았다. 필요한 일이라고 생각은 하지만, 그란츠 공은 아픈 구석을 찌른단 말이지.

"왕도를 떠나는 건가……."

내 입으로 말해 봐도 아직 실감이 들지 않았다. 모험가로 활동했을 때는 별궁을 뛰쳐나가는 일도 많았지만, 그래도 이곳이 내가 돌아와야 할 곳이었다.

떠날 때가 온다면 그건 이 나라에 내가 있을 곳이 없어졌을 때일 거라고 생각했었다. 설마 도시를 만들기 위해 떠나게 될 줄은 꿈에도 생각 못 했다.

내 중얼거림을 들었는지, 나를 껴안은 유피의 힘이 세졌다. 조금 숨이 막혔다.

"……안 갔으면 좋겠어요."

"응, 알아."

"쭉 제 곁에 있었으면 좋겠어요. 잠시도 아니스와 떨어지고 싶지 않아요."

유피가 그저 귀여운 이유로 이렇게 힘껏 투정을 부리는 게 아니라는 것은 나도 알았다.

라일라나와 싸우면서 어쩌면 나를 잃었을지도 몰랐던 충격은 유피의 마음에 깊은 상처를 남겼다.

유피는 정령 계약자가 되고 초연해진 부분이 있었는데, 내 앞에서는 그런 일면이 쏙 들어가고 어린아이 같은 얼굴을 하게 되었다.

나도 요양이 필요했지만, 유피도 정신을 안정시키기 위해 시간이 필요했었다. 지금은 거의 안정되어서 나도 안도하고 있다.

그래도 막상 떨어지려니 불안해지는 건 당연했다. 앞으로는 같이 있을 수 있는 시간도 줄어들 테니까.

"……유피. 국왕, 그만두고 싶어?"

유피의 머리를 쓰다듬으며 물었다. 그녀는 어깨를 움찔했지만, 아무 말도 하지 않았다.

왕으로서 이런 모습을 신하들에게 보일 수는 없다. 그러니 밖에 나가면 완벽한 유피로 돌아올 것이다.

하지만 그건 껍데기 같은 거다. 단단한 껍데기 속에는 무르고 약한 일면이 숨어 있다.

나는 알고 있었을 터다. 유피도 완벽하지 않다는 것을. 아무리 대단한 위업을 이룩해도 한 명의 여자아이라는 것을.

그래도 유피는 나를 위해 무거운 숙명을 짊어졌다. 그 각오에 보답하고 싶다고 진심으로 생각한다. 하지만 때때로 전부 내던져 줬으면 할 때가 있다.

"아니스, 저는 국왕을 그만두지 않을 거예요."

유피가 내 배에 묻었던 얼굴을 들고 정면으로 마주 보았다.

아주 평온한 표정이었다. 조금 전까지 떼쓰는 어린아이 같은 태도였는데, 그 흔적이 느껴지지 않았다.

"제 욕심 때문에 아니스가 꿈을 포기하게 하다니, 그거야말로 죽음을 선고받는 것과 같아요. 아니스를 돕고 싶어서 고른 길인데 반대로 발목을 잡다니, 저 자신을 죽이고 싶어질 거예요."

"나는 유피가 무리하지 않았으면 해."

"지금만 힘든 거잖아요?"

유피는 웃었다. 진심으로 기뻐하는 것처럼 보이기도 했고, 동시에 울고 있는 것처럼 보이기도 했다. 복잡하고, 애매하고, 아름다우면서도 섬세하며 비틀린 유리 세공 같았다.

"저희는, 앞으로 얼마나 무대에 서 있을 수 있을까요……."

유피가 작게 중얼거렸다. 그걸 듣고 나는 무거운 숨을 천천히 내쉬고 말았다.

그런 말을 들으면 생각하게 된다. 의식하면 현실이 보인다. 우리에게 남은 시간이라는 문제가.

"언젠가 저희는 다음 세대에게 주도권을 양보해야 해요. 저희의 시간은 사람과 동떨어지고 말았어요."

"사람으로 있을 수 있는 시간인가."

유피는 정령 계약자로서.

나는 드래곤이 된 자로서.

우리가 얻은 시간은 터무니없이 길다. 그러니 우리는 언젠가 지금의 위치에서 물러나야 한다.

물러나지 않으면 일찍이 벌어졌던 정령 계약자의 비극이 다시 일어나 버린다.

영원하며 강대한 절대자의 통치. 그것에 사람들이 완전히 의지하게 해서는 안 된다.

이윽고 우리의 시간은 보통 사람과 결정적으로 틀어진다.

그건 정해져 버린 미래다. 그 전에 완수하고 싶다. 둘이서 시작한 이 혁명을.

"왕으로 있을 수 있는 건 지금뿐이에요. 그러니 저는 왕으로서 힘내고 싶어요. 아니스의 꿈이 이뤄진 모습을 함께 보고 싶으니까요. 제가 당당히 있을 수 있게 응원해 주세요."

"……응."

유피는 기도하듯 나에게 그렇게 말했다. 사랑스럽다는 마음이 북받쳐 올라와서 그걸 그대로 전하기 위해 끌어안았다.

이렇게나 올곧게 나를 인정해 준다. 유피가 있는 게 얼마나 고마운 일인지, 지금까지 얼마나 많이 느꼈던가.

그렇기에 소중히 여기고 싶다. 소중히 여기고 싶으니까, 힘들면 포기해도 된다고 말해 버리고 싶다.

하지만 그 말을 듣는 게 싫다고 유피는 웃는다. 그러니 나는 이 아이에게 보답하고 싶다. 그렇다면 나도 앞으로 나아갈 수밖에 없다.

함께 보고 싶다는 꿈을 구현하기 위해, 기쁨도 고통도 함께 짊어지고서 나아가는 거다.

맹세를 거짓말로 만들 수는 없다. 그만두는 게 좋지 않을까 하는 생각이 수없이 들더라도, 미혹이라고 단언할 수 있으니까.

"힘내자, 유피."

"네. 그러니 힘내기 위해서도 더 예뻐해 주세요."

그렇게 말하며 또 내 배에 얼굴을 묻듯 안겨들었다. 배에 닿는 숨이 간지럽고 조금 감질났다.

"하여간, 완전히 떼쟁이가 되어 버렸다니까. ……그건 원래부터 그랬나?"

"어디 사는 누군가의 영향이지 않을까요?"

"뭐라고~?"

키득키득 웃고서 서로의 체온을 느낄 수 있도록 맞닿았다.

호의를 확인할 때, 자신의 어떤 부분을 좋아하냐고 흔히 물어본다고 생각한다. 그 질문에 전부 좋아한다고 대답해 버리는 게 이해가 갔다.

왜냐하면 유피의 전부를 사랑하지 않을 수 없으니까. 그러니 전부 좋아한다.

"정말 좋아해, 유피. 사랑해."

"저도요, 아니스."

2장 꿈을 그리는 도시

마학을 연구하기 위한 도시를 새로 만든다.

그 이야기는 원래부터 마학에 관여하던 하르피스, 갓군, 나블 군에게도 전해지게 되었다.

“새로운 도시인가요……. 이야기를 들어 보니 납득이 가는 이유이긴 한데, 그렇더라도 놀랍네요.”

하르피스가 손으로 안경의 위치를 조정하며 감탄의 한숨을 흘렸다.

“근위 기사단 일부가 독립하여 아니스 님 전속 기사단이 되는 것도 굉장한 얘기야.”

“……아니스피아 전하 때문에 내내 곤혹스러워할 미래가 벌써부터 보입니다만.”

갓군은 그저 놀란 모습으로, 나블 군은 심각한 표정으로 작게 중얼거렸다.

반응에 차이는 있지만, 다들 놀란 것 같았다.

“다들 모이라고 한 건 신도시를 어디에 만들지 의견을 듣고 싶었기 때문이야. 후보지는 나왔는데, 다 같이 생각해 줬으면 해서.”

“그건 어려운 문제네요…….”

"토지 문제는 언제나 고민된단 말이지……."

"맞아……. 도시와 영지 관리는 다른 사람이 해 준다지만, 그렇다고 내가 아무 생각 없이 정해도 되는 건 아니잖아? 그래서 모두의 의견을 듣고 싶어."

하르피스와 갓군이 뭐라 말할 수 없는 미묘한 표정을 지었기에, 나도 한숨을 쉬며 말하게 되었다.

내가 할 수 없는 일을 남에게 부탁하는 건 괜찮지만, 그렇다고 아무런 배려도 없이 정하는 건 성의가 없다.

일단 요양하는 동안 지리 공부는 했으나, 마학의 책임자로서 처리해야 하는 업무와 병행하여 공부하는 건 어려운 일이었다.

그런 생각을 하고 있으니, 턱에 손을 올리고서 생각에 잠겨 있던 나블 군이 입을 열었다.

"아니스피아 전하. 이번에 만드는 도시는 마학을 연구하고 보급하기 위해 건설하는 것이지요?"

"그렇지. 앞으로 마학 연구와 마도구 개발의 중심지가 될 거야."

"그렇다면 나라의 중앙에서 너무 떨어지는 건 피해야 한다고 생각합니다. 유통의 기점이 될 가능성을 간직하고 있으니까요."

"……그러게. 그건 가능성이 있네."

마학과 마도구가 앞으로 팔레티아 왕국에 깊이 뿌리내릴

것은 틀림없다. 그 말은 즉, 새로운 문화의 발신지가 될 가능성이 있다는 것이다.

교통편을 고려하면 중앙과 가까운 입지를 고르는 건 괜찮다고 생각한다.

"건설 예정지 주변의 영주와 잘 절충해 나갈 수 있을지도 생각하는 편이 좋을 겁니다."

"으, 으음…… 솔직히 어딜 골라도 모나지 않을까?"

"그렇겠죠……. 그만큼 마학과 마도구의 영향력이 크다고 말할 수도 있습니다만."

"기쁘기도 하고 안 기쁘기도 한 복잡한 심경이네……."

어쩔까 고민하며 나는 후보지에 표시한 지도를 바라보았다. 그러자 문득 눈에 들어오는 부분이 있었다.

"이렇게 새삼 지도를 보니까, 강변을 피해서 도시가 만들어져 있네."

"물가는 마물이 다가와서 피해 왔으니까요."

"물은 살아가는 데 중요하니까……."

그 점에서 팔레티아 왕국에는 마법과 정령 자원이 있었다. 이것들로 물을 쉽게 확보할 수 있기에, 물가와 떨어진 곳에서도 지낼 수 있었다.

그래서 물가에 취락을 만들지 않는 것이다. 처음에는 어쩔 수 없는 선택이었으리라. 그러던 것이 언제부터인가 상식이 되어, 물가에 취락을 만들어선 안 된다고 인식하게 되었을 것이다.

참고로 왕도 옆에 큰 호수가 있는데, 이건 건국 시대에 초대 국왕이 마법으로 만들었다고 한다.

지금이야 왕도 주변에도 마물이 어슬렁거리고 있지만, 본래의 지형을 생각하면 불모지에 가깝지 않았을까 추측되었다.

불모지를 사람이 살 수 있는 땅으로 만들었다고 생각하면, 정령 계약자였던 초대 국왕의 위업은 정말 엄청나다.

"아~! 나도 뭔가 깜짝 놀랄 만한 구상을 해서 모두가 찬동하는 도시 계획을 세우고 싶어! 모두가 찬성해 준다면 이렇게 고민하지 않을 텐데!"

"아니스 님이라면 뭔가 생각해 내시지 않을까요?"

"가볍게 말하는구나, 갓군. 생각이 안 나니까 이렇게 끙끙대고 있는 거잖아."

"그런가요……? 아니스 님은 결과로 입을 다물게 한다는 이미지가 있는지라."

"그건 부정하지 않겠지만, 역시 도시 규모가 되면 나도 쉽지 않아……."

"다른 귀족들은 일단 무시하고, 아니스피아 전하는 어떤 도시로 만들고 싶으신가요?"

흥미가 생겼는지 하르피스가 그렇게 물었다. 그 질문을 받고 나는 팔짱을 끼며 생각해 보았다.

"내가 그리는 이상적인 그림인가…… 으음. 일단 큰 마학 연구소가 있어야지. 그리고 장인도 많이 부르고 싶어. 여러 가지 물건을 만들려면 여러 전문가가 있는 게 좋으니까. 그리고 교통편도 좋게 하고 싶으니까 입지는 신경 쓰고 싶고……."

손을 꼽아 가며 내가 바라는 것을 정리해 봤다.

이렇게 내 생각을 말해 보니, 아직 어렴풋하긴 해도 필요한 것들이 보이는 기분이었다.

"그리고 정치적으로 너무 귀찮아지지 않을 장소가 좋아……."

"그건 어렵겠죠……."

"나블 군, 나도 알아. 그냥 말해 본 거야……."

"현재 왕가가 직접 관리하는 영지에 아니스피아 전하가 개입한다면 거기서 뭔가 이익이 발생할 테니까요……."

하르피스도 자료를 들고서 복잡한 표정을 짓고 있었다.

마학은 이제 국가사업이다. 귀족이든 평민이든 신분을 불문하고 발전과 함께 지역이 은혜를 받게 될 것은 틀림없다.

은혜를 받는다는 것은 이익이 있다는 말이고, 이익이 있으면 사람이 모여든다. 당연한 섭리이긴 하지만…….

"차라리 변방으로 갈까?"

"그러면 본래의 목적에서 벗어나게 되니까요……."

"그렇지……."

끙 소리를 내며 나는 다시 지도와 눈싸움을 시작했다.

아무도 거들떠보지 않지만, 장래에는 중심지가 될 수 있는 곳. 그런 장소 어디 없으려나.

"현재 유통이 발달한 건 서부지? 그걸 고려하면 서쪽이려나……?"

지도를 손으로 덧그리며 생각해 보았다. 길이란 건 의외로 직선으로 이어지지 않는다는 걸 재확인했다.

여러 마을을 연결하듯 점과 점을 잇고, 그것이 가도로 발달했음을 알 수 있었다.

이건 꽤 멀리 돌아가네. 비행용 마도구를 이용하면 직선으로 이동할 수 있는데.

"……직선으로, 잇는다?"

"……음? 아니스피아 전하, 왜 그러십니까?"

"있잖아, 나블 군. 여기도 왕가의 직할지지?"

"……여긴 확실히 직할지지만, 지금은 사람도 안 사는 곳입니다. 과거에 개척을 시도했으나 근처에 큰 강이 있어서 실패했다는 기록이 남아 있습니다. 그 후 영지가 반환되었고, 여전히 손대지 못하고 있습니다."

"이건 가설인데, 만약 이곳에 도시를 지을 수 있다면 왕도와 서부의 큰 도시를 잇는 중간점이 되는 거잖아? 과거에 개척하려고 한 것도 그래서이지 않을까?"

내가 가리킨 곳은 왕도와 서부의 중간에 있는 공백 지대였다.

이야기를 들은 나블 군은 손으로 턱을 문지르며 생각에 잠겼다. 하지만 그 표정에서 화색은 보이지 않았다.

"실현된다면 멋진 일이겠지요. 하지만 이 주변 일대에 큰 강이 있다는 게 난점입니다. 마물의 습격 빈도는 아무래도 잦아질 수밖에 없습니다. 그 점은 어떻게 하시려는 겁니까?"

"쓸 수 있는 건 뭐든 쓸 거야. 내 전속 기사단이 설립될 거고, 이곳을 개척한다는 걸 전제로 사람을 모으면 되지 않을까? 마물이 공격해 오더라도, 지금은 마도구로 전력 수준이 올라갔고, 나도 있는걸."

나를 가리키며 말하자, 나블 군은 아주 질색하는 표정을 지었다.

그런 나블 군과 대조적으로 갓군은 배를 잡고 웃음을 터뜨렸다.

"하하하하! 그러게요! 드래곤을 쓰러뜨린 영웅이자, 안 보이는 곳에서는 뱀파이어까지 해치운 아니스 님이 계시는데, 상대가 될 마물이 얼마나 있겠습니까!"

"웃을 일이 아니야, 가크……. 애초에 전속 기사단을 만드는 건 아니스피아 전하가 앞으로 나서지 않도록 하기 위함이기도 해. 이래서는 주객전도잖아."

"따지자면 그렇긴 하지만, 아니스 님을 이길 수 있는 사람은 몇 없잖아요?"

"그건 넘어가자……."

콩트 같은 대화를 나누는 갓군과 나블 군을 보고 무심코 웃어 버렸다.

나도 이제는 쉽게 움직일 수 없는 입장이긴 하지. 나블 군이 말한 대로, 내게 기사단이 생기는 건 내가 앞으로 나서지 않도록 하기 위함이었다.

"무리해서 나서진 않을 거니까 걱정하지 마. 하지만 필요한 때에는 망설이지도 않을 거야. 그러니까 안심하고 뒤는 나한테 맡겨 줘."

"……정진하겠습니다."

"그리고 강변에 도시를 만드는 것에 관해 조금 생각한 게 있거든."

"생각한 것이요?"

"수력…… 강의 힘을 동력으로 이용하는 장치를 만들 수 있지 않을까, 싶어서."

"강의 힘을……? 물레방아 같은 걸 말씀하시는 거죠? 뭔가 마도구로 만드는 건가요?"

하르피스가 이상하다는 듯 고개를 갸웃하며 물었다. 거기서 마도구라는 발상이 나온 것에 조금 놀라고 말았다.

오히려 내가 생각한 것은 정반대였다.

"내가 말하기도 뭐하지만, 마법만 의지하는 건 문제이지 않을까? 마법이든 마도구든 말이야. 결국 마법이 있어서 다양한 문제가 일어났던 거잖아?"

"그건, 그렇지만……."

"나는 마법을 동경하고, 위대한 것이라고 생각해. 지금까지 귀족이 쌓은 공적을 부정할 생각도 없어. 하지만 귀족이 마법이라는 힘을 가지고 있었기에 이권이 독점되고 내란까지 벌어졌었어."

"그러니 마법만을 의지해선 안 된다는 겁니까?"

인상을 쓴 나블 군이 물었다. 이에 나는 고개를 끄덕였다.

"마법도 선택지 중 하나가 되면 좋지. 마법 자체는 편리하니까. 하지만 만능이라고 할 수도 없잖아? 유피 수준이 아닌 이상은."

"그야 유필리아 님과 비교하면 그렇죠……."

갓군이 복잡한 표정을 짓고서 팔짱을 꼈다.

정령 계약까지 달성해 버린 유피와 비교하면 웬만한 사람은 범재가 되어 버린다.

하지만 유피 같은 사람은 많지 않다. 사람마다 잘하고 못하는 마법이 있고, 그렇게 생각하면 마법이란 것도 여러 힘 중 하나일 뿐이다.

이렇게 생각하는 것이 신앙적으로는 좋지 않다는 건 뼈저리게 알고 있지만.

"그 왜, 정령 자원도 마도구의 보급으로 줄어들지도 모르잖아? 그러니까 자연의 힘을 이용할 수 있으면 좋을 것 같아서."

"즉, 자원을 절약하기 위해서인가요."

"그리고 마법도 영원하지 않아. 언젠가 쇠퇴하거나 못 쓰게 되는 날이 올지도 몰라."

내가 그렇게 말하자 세 사람은 눈을 크게 뜨고 놀랐다. 생각보다 더 놀라는 것 같아서 살짝 당황하며 설명을 보탰다.

"어디까지나 그럴 가능성이 있다는 거야. 언젠가 다들 마법을 못 쓰게 되는 날이 올 수도 있잖아? 그건 아무도 모르는 일이야."

"……마법을 못 쓰게 될 가능성인가요."

"생각해 본 적도 없었습니다……."

"그렇겠지. 마법을 못 쓰게 된다니, 상상하기 싫은 일이잖아. 생각한 적 없는 게 보통이야."

"……당연하게 있는 것이긴 해요. 하지만 그 가능성을 알게 된 이상, 의식은 하게 되네요."

나블 군은 미간을 문지르며 깊이 한숨을 쉬었다. 하르피스도 가볍게 심호흡하여 자신을 진정시키고 있었다.

그런 가운데 비교적 태연한 갓군이 불쑥 중얼거렸다.

"하지만 초대 국왕님도 처음에는 마법을 못 쓰셨잖아요? 그럼 언젠가 우리의 자손이 마법을 못 쓰게 되는 때가 올지도 모르겠네요……."

"……가크, 무서운 상상 하게 하지 마."

"아니, 실제로 마법을 못 쓰는 아니스 님이 계시잖아요?"

"……! 정말 죄송합니다! 대단한 실언을……!"

"아~ 아냐, 응. 신경 쓰지 않아도 돼. 나는 괜찮으니까."

갓군에게 지적받은 나블 군이 단숨에 안색을 바꾸고 내게 무릎 꿇었다. 너무 송구스러워해서 얼떨떨했다.

나는 살짝 당황하면서도 신경 쓰지 않는다고 말하고 나블 군에게 고개를 들라고 했다.

“배려가 부족했습니다. 아니스피아 전하의 사정을 파악하고 있으면서 엄청난 실언을……. 정말 죄송합니다.”

“괜찮다니까. 나블 군에게 악의가 없다는 건 아니까. 다만 조심해. 다른 사람이 있는 데서 그랬다면 위험했어.”

“네…….”

“그리고 귀족에게 마법은 있는 게 당연한 거잖아. 나랑은 감각이 다르니까 어쩔 수 없어.”

“아니스피아 전하…….”

하르피스가 안타깝다는 눈으로 나를 보았다. 이건 내가 무슨 말을 해도 신경 쓰겠다는 것을 깨닫고 말았다.

어떻게 대충 상황을 넘기려다가 그만뒀다. 크게 한숨을 쉬고 다시금 세 사람을 보았다.

“하지만 그렇지. 나처럼 마법을 전혀 못 쓰는 사람이 아니어도, 단순히 마법 실력이 향상되지 않는 사람도 있잖아? 그런 사람이 귀족으로 태어나면 그저 불행해질 뿐이야…….”

“그건…….”

“그게 이 나라의 규칙이고, 팔레티아 왕국이 질서를 유지하기 위해 필요한 일이라는 건 이해해. 하지만 안 보이는 곳에서 희생되고 있는 누군가가 있어."

사실은 누구도 희생되지 않았으면 한다. 진심으로 그렇게 생각한다.

하지만 누군가가 짊어져야만 하는 것도 있다. 본인이 희생하길 원했더라도, 그 사람을 아끼는 주변 사람들은 과연 어떻게 생각할까.

나도 유피가 왕이 되는 길을 선택하게 하고 말았다. 이제 길을 되돌아갈 수도 없다. 아무리 힘들어도 전진을 멈춰서는 안 된다.

"나는 가능성을 주고 싶어. 아무리 마법이 보배로워도, 그것만 있으면 된다고 여기게 되는 건 싫으니까. 언젠가는 마법의 힘을 의지하지 않아도 자연에 있는 여러 힘을 활용하는 기술이 발전할지도 몰라. 그러면 마법도 그저 여러 수단 중 하나가 될지도 모르지. 평민이 마법을 의지하지 않아도 마법 못지않은 것을 만들 수 있는 미래가 오는 거야."

"……그런 미래가 실현될까요?"

"모르겠어. 하지만 그렇게 된다면 우리가 보는 세상은 더 풍부해질 거라고 생각해. 나는 이 도시가 그 꿈으로 가는 첫걸음이 되면 좋겠어."

하르피스의 작은 물음에 나는 기도를 담아 그렇게 말했다.

지도를 손으로 덧그리며 생각을 토로했다. 세 사람은 진지한 얼굴로 입을 다물었다.

"……마법이 사라질 가능성. 지적받은 이상, 생각하지 않을 수 없네요."

"만약 그런 때가 오더라도 마학이나 마도구라는 선택지가 있으면 괜찮잖아?"

"미래를 대비하는 거군요?"

"재미있을 것 같지 않아? 마법을 쓰지 않더라도 마법 못지않은 걸 만든다니. 마법만 너무 고집해서 많은 문제가 생긴다면 다른 수단을 준비하면 돼. 같은 실수를 반복하고 싶지 않아. 이 나라의 비틀림과 뱀파이어는 전부 마법에 집착해서 생겨난 거니까. 물론 마학도 잘못 취급하면 마법과 비슷한 위험한 존재가 될 가능성은 있어. 결국은 다루는 사람의 문제야."

잘못을 모른다면 사람은 그걸 잘못이라고 생각하지 않는다. 똑같은 실수를 반복하지 않기 위해서도 과거의 교훈까지 단절해 버리는 일은 피해야 한다.

"뭐, 이건 일어날지도 모르는 미래 얘기니까. 지금 불안해해도 별수 없어. 그리고 나는 마법은 훌륭한 것이라고 믿어. 하지만 그저 막무가내로 믿기만 해서는 잘못된 길에 들지도 몰라. 막아 줄 사람이 없으면 틀린 방향으로 갈 수밖에 없어. 그렇게 잘못된 길에 들어서 많은 사람이 불행해질지도 몰라."

"그렇죠……."

"불행 중 다행으로, 우리는 잘못된 길로 간 사람들의 말로를 알게 됐어. 그런 우리가 똑같은 실수를 되풀이할 수는 없어."

뇌리에 떠오른 것은 라일라나와 뱀파이어들이었다.

그들은 마법에 집착한 결과, 아주 잘못된 길로 가서 파멸을 초래하고 말았다.

라일라나의 바람을 물리친 자로서, 똑같은 실수를 되풀이해서는 안 된다.

"저도 아니스피아 전하의 말씀이 맞다고 생각해요."

하르피스가 엄숙한 표정으로 조용히 고개를 끄덕였다. 말은 없지만 갓군과 나블 군도 생각하는 바가 있는지 진지한 얼굴이었다.

"물론 우리가 틀리지 않을 거라는 보장도 없어. 그래서 가능성의 폭을 넓히고 싶은 거야. 그러기 위해 마학을 발전시키고 싶고, 마법도 소중히 여기고 싶어. 전부 똑같이 아낄 수는 없지만, 가능한 한 많은 것을 거두고 싶어."

그리고 마법과 마도구는 상반된 것이 아니다. 두 힘을 합치면 더 많은 일을 할 수 있다.

걱정은 되지만, 동시에 희망이 가득했다. 그저 불안해하는 게 아니라, 제대로 인정받은 것도 받아들이고 마주하는 것이 중요하다.

"마법이 전부가 아니라는 건가……."

"……마법에 재능이 없는 저는 이해가 가요."

나블 군과 하르피스가 감명받은 표정으로 고개를 끄덕였다.

너무 거창하게 말했나. 조금 창피하다. 그렇게 생각하고 있으니 묘하게 표정이 진지한 갓군이 입을 열었다.

"어려운 얘기는 제가 제대로 이해했는지 잘 모르겠지만, 요컨대 좀 더 다양한 것들로 사람이 행복해질 수 있게 노력하자는 거죠?"

"갓군, 너란 녀석은…… 아니, 틀린 말은 아니지만."

뭔가 힘이 쭉 빠져 버렸다. 나뿐만 아니라 나블 군도 어깨를 축 떨구고서 미간을 문지르고 있었다.

그런 우리를 본 하르피스가 작게 웃었다. 그걸 계기로 분위기가 바뀌었으니 이야기를 되돌리자.

"아무튼 자연의 힘을 이용하는 것도 마법을 쓰는 것만큼 가능성이 넘친다고 생각해. 그 장소에서만 쓸 수 있는 힘이긴 하지만."

"아직 마도구의 수가 적어서 두드러지지 않지만, 온갖 곳에서 마도구가 쓰이게 되면 대체 얼마나 많은 정령석이 소비될지……. 그걸 생각하면 미리 대비해 두는 건 중요하다고 생각해요."

"정령석은 타국과의 거래에도 쓰이니 말이죠……."

"지금의 공급량과 개척될 땅을 생각하면 고갈되지는 않겠지만."

그래도 만일의 경우가 있다. 실제로 다른 나라에서는 팔레티아 왕국만큼 정령석을 채굴할 수 없다고 들었다.

이건 어마마마에게 들은 이야기였다. 외교관으로 일했던 어마마마는 타국의 사정에도 정통했다. 그런 어마마마가 가르쳐 주시길, 팔레티아 왕국의 특징은 마물이 대량으로 출몰하고 정령 자원이 풍부한 것이라고 했다.

타국은 마물의 수가 팔레티아 왕국만큼 많지 않지만, 그 대신 정령 자원도 많지 않은 듯했다.

팔레티아 왕국은 수호자인 강력한 마법사와 풍부한 정령 자원을 배경으로 성립되고 있었다.

아바마마가 전체의 화합을 중요시하여 귀족 간의 이해 조정을 중점으로 정치했던 것은 귀족의 수를 줄이지 않기 위해서였다. 섣불리 수를 줄이면 국력이 떨어지기에 강경하게 나갈 수 없었다.

그 점에서 유피는 반칙이라고도 할 수 있는 정령 계약자다. 정령 신앙의 상징이기도 한 자신의 공적을 이용하여 개혁을 추진하고 있었다.

심경이 복잡하긴 하지만, 이게 정말로 효과가 뛰어나서 뭐라고 할 수가 없다.

"아무튼 원래 하던 얘기로 돌아가서, 내가 원하는 걸 말했으니까 어떻게 하면 이상적인 도시가 실현될지 다 같이 아이디어를 내 보자."

나는 가볍게 손뼉을 쳐서 모두의 주목을 모으고 이야기를 되돌렸다.

"일단 강의 힘을 이용하는 연구도 하고 싶으니까, 강변에 도시를 만든다는 전제로 얘기할까. 문제는 마물 습격의 빈도가 잦아진다는 거지. 내가 있으니까 어느 정도는 문제없을 거라고 생각하고 진행할게."

"아주 큰 문제지만, 아니스피아 전하께서 그렇게 말씀하신다면 문제없다는 전제로 얘기를 진행하죠. 다만 역시 방비를 확실하게 해야 합니다."

"성벽이 필요하겠지. 그리고 지키기 쉬운 지형인 것도 중요하려나?"

"그건 중요하죠. 습격을 알아차리기 위해서도 전망이 좋다면 더 좋을 겁니다. 언덕 위가 바람직하겠죠."

차례차례 나오는 포인트를 적어 나갔다.

주로 나블 군이 의견을 냈는데, 그가 중요시하는 건 방어였다.

거기에 하르피스가 연구자의 시점으로 의견을 냈다.

"실제로 도시가 만들어진 이후의 얘기지만, 아니스피아 전하는 강의 동력을 어떤 용도로 쓰시려는 건가요?"

"으음. 수력으로 축을 회전시켜서 자동으로 밀을 빻거나, 물동이를 회전시켜서 빨래한다든가?"

"그건…… 실현된다면 생활 수준이 크게 달라지겠네요."

"나로서는 왜 그런 일에 마법을 안 쓰나 싶을 때가 있어."

"마법은 마물 습격에 대비하기 위한 것이니까요……."

"그건 그렇지만, 변방에서는 귀족이어도 자기 일은 자기가 해야 하니까 알아서 하라고 했었어."

"음…… 그런가, 지역 차가 있는 건가. 또 생각이 부족했습니다……."

"나블 군이 잘못했다고 생각하진 않아. 마법사의 가치가 경시되어도 곤란하고."

"특히 저희보다 윗세대는 귀족으로서의 자세를 중시하는 경향이 있는 것 같아요. 저희 집도 가난과는 무관했고, 유복한 귀족일수록 격에 집착하는 게 아닐까요."

"하르피스의 말이 맞아. 그건 집안이 쌓아 온 실적이기도 하니까. 그걸 긍지로 여기는 건 잘못된 게 아니야."

"하지만 긍지가 밥 먹여 주는 건 아니고, 생활이 어려운 사람은 명예보다도 살림살이가 나아지는 게 더 중요하죠."

"갓군의 말도 일리가 있어. 여유가 있기에 다음 단계로 눈을 돌릴 수 있는 거지. 그 부분의 인식이 달라서 좀처럼 서로를 이해할 수 없는 거야."

"그렇군요……. 알고 있어도 사고방식은 바로 바꿀 수 없네요……."

"그렇게 간단히 바뀐다면 세상은 좀 더 평화로워질 거야. 이것도 인간의 습성이지."

나블 군은 아르 군의 측근 후보로 뽑힐 만큼 집안의 격이 높으니, 살면서 함양한 감각을 바꾸는 건 쉽지 않을 것이다.

그래도 성실하게 마주하려는 모습은 호감이 갔다. 너무 고지식한 게 옥에 티지만, 적당히 불성실한 갓군이 있어서 균형이 맞았다.

"마도구가 양산되면, 싸우기 위한 힘으로 마법이 요구되는 일도 사라질지 몰라. 그렇게 되면 마법은 편리한 힘으로 바뀌게 되겠지. 그러면 분명 세상은 더 즐거워질 거야."

"……그렇죠. 새로운 도시가 그 선봉이 된다고 생각하면, 이건 틀림없이 역사에 이름을 남길 위업이 될 겁니다."

"아니, 나블 군. 그건 역시 너무 거창한 것 같은데?"

"아니스피아 전하가 하신 일이 거창한 게 아니라면 대부분의 사람들은 평생 거창할 일이 없을 것 같은데요?"

"갓군, 불경함 카운트 추가."

"불경함 카운트?!"

"이 바보가……."

"하하하……."

너무 깊이 생각하는 경향이 있는 나블 군을 탈력시키는 갓군과, 그걸 보고 반응하기 곤란한 듯 웃는 하르피스.

계속 진지하게 생각하다 보면 자꾸 힘만 들어가게 되니까, 역시 이게 좋다고 생각한다.

그렇게 우리는 너무 풀어지지는 않는 정도로 잡담을 나누며 의견을 정리해 나갔다.

"응응. 아이디어가 꽤 구체화된 것 같아. 다들 어떻게 생각해?"

어느 정도 구상이 갖춰진 것을 확인하고 나는 모두의 반응을 살폈다.

그러자 다들 마치 꿈에서 깨어난 것처럼 정색했다. 나블 군이 미간에 잡힌 주름을 문지르며 신음하듯 중얼거렸다.

"……도중부터 조금 묵과하고 넘긴 것도 많지만, 새삼 보니 압도되네요. 이걸 진심으로 만드시려는 겁니까?"

"아이디어를 나눌 때는 「되게 좋다!」 싶었지만, 완성된 예상도를 보니까 좀 불안해지는데 이거 기분 탓 아니지……?"

모두의 반응을 보니 나도 불안해졌다. 하지만 아무도 대답해 주지 않았기에 내 불안은 해소되지 않았다.

아니, 다시 보니까 이 정도는 하는 편이 좋을 것 같기도 한데. 애초에 너무 과한 것 아닌가 하는 걱정은 가시지 않지만.

"이건 전위적인 걸 넘어서 기발한…… 아니, 기상천외한……?"

"나블 님, 그건 역시 불경함 카운트가 올라가지 않을까요?!"

"헉?! 죄, 죄송합니다, 아니스피아 전하!"

갓군에게 지적받고 나블 군이 머리를 푹 숙였다. 하지만 전혀 화가 나지는 않았다.

왜냐하면 나 자신이 부정할 수 없는걸…….

“아냐, 이건 내가 봐도 꿈같은 발상을 눌러 담은 구상이니까, 그렇게 여기더라도 부정할 수 없지……. 하르피스는 어떻게 생각해?”

“으음…… 매우 아니스피아 전하다운 구상이라고 생각해요…….”

“그건 어떤 의미로 받아들여야 할까?!”

내가 그렇게 묻자 하르피스는 어색하게 시선을 피했다.

시선을 피한 하르피스에게 동의하듯 갓군과 나블 군도 고개를 끄덕이고 있었다.

나도 같이 의견을 낸 동료일 텐데, 동료에서 제외당한 기분이다.

“아, 아무튼 유피한테 한번 보여 줄게. 정말로 안 된다면 재고해야겠지만, 다 같이 생각한 거고, 실현된다면 진짜로 역사에 이름을 남길지도 몰라.”

“그러게요.”

“일리 있습니다.”

“멋지네요.”

“농담으로 한 소리인데?! 부정해 줘!!”

그리고 그날 밤. 나는 다 같이 생각한 신도시 구상을 유피에게 보여 줬다.

자료를 훑어본 유피는 한 번 더 읽더니 고개를 갸웃하고 정독했다.

그리고 오랜 침묵 후, 매우 상냥하게 웃었다.

"역시 아니스는 아니스네요. 정말 속절없이 당신답다고 생각해요."

3장 기대받는 입장

"이게 제가 생각한 신도시의 구상입니다. 확인해 주세요."

다시 열린 회의장에서. 먼저 읽어 본 유피를 제외한 사람들이 내가 준비한 자료를 훑어보았다.

종이를 넘기는 소리가 조용히 울리는 가운데, 회의에 참석한 사람들의 표정은 다양했다.

놀라서 눈을 크게 뜨는 사람, 난해한 것을 본 것처럼 인상을 쓰는 사람, 재미있다는 듯 웃는 사람. 곤혹스러워하는 사람이 다수이긴 하지만.

"아니스피아 전하…… 이 도시 구상은, 그……."

"엉뚱하게 느껴질 거라는 건 알아요. 하지만 개요도 함께 기재했으니 의도는 전해졌을 거예요. 질문이 있다면 받을게요."

"질문…… 그렇죠, 묻고 싶은 게 많습니다."

조용한 목소리로 말을 꺼낸 사람은 랑그였다. 당혹과 동요를 보이는 사람이 많은 가운데, 랑그는 태연하게 자료를 들고서 내게 질문했다.

"우선 강 옆에 도시를 만드는 위험성은 고려하신 겁니까?"

"팔레티아 왕국은 물 마법사와 물 정령석 덕분에 물 부족을 고민할 일이 거의 없죠. 그래서 강은 마물이 마실 물을 찾아 들르는 곳으로 여기고 피해 왔어요.”

“맞습니다.”

“하지만 강에서 얻을 수 있는 자연의 동력을 이용하여 문명을 발전시킬 수 있다고 저는 생각해요.”

내 말을 듣고 자료를 내려놓은 랑그는 손으로 입을 가렸다. 눈을 감고 뭔가를 생각하듯 침묵했다. 그러다 잠시 후 눈을 뜨고 다시 입을 열었다.

“자연의 동력……인가요. 하지만 이런 도시로 만들지 않아도 마도구로 해결할 수 있지 않습니까? 왜 위험을 무릅쓰면서까지 도시를 강 옆에 건설하시려는 겁니까?”

“여러분도 예전에 걱정하셨다시피, 마도구가 보급되어 정령석의 수요가 높아지면 가격이 급등할 가능성이 있어요. 확실히 동력만 얻을 거면 정령석을 사용하는 마도구를 써도 상관없겠죠. 하지만 이용할 수 있는 힘이 있는데 그걸 쓰지 않는 건 아깝잖아요?”

“……아깝다고요.”

그제야 랑그의 표정이 풀어졌다. 어이없어하는 것 같기도 한 쓴웃음을 참지 못하고 흘렸다.

“게다가 이 신도시가 성공하면 이걸 모델로 강변에 도시를 지어 나갈 수 있어요. 즉, 강을 이용한 유통망을 개척할 수 있는 거예요.”

그렇다. 마학을 위한 연구 외에도 이 신도시의 목적을 만들 수 있다.

이 구상이 성공을 거두면 다음번으로 이어지는 노하우를 얻을 수 있다. 그렇게 강변에 도시가 늘어나서 강을 운행에 이용하게 되면 물류의 수단이 하나 늘어난다.

길이 정비되면 사람이 오간다. 사람이 오가면 물자가 움직인다. 물자가 움직이면 장사가 발달하고 생활이 풍족해진다. 그게 결과적으로 나라를 부유하게 한다.

"하늘뿐만 아니라 강까지 자유롭게 오가는 것이 아니스피아 전하께서 그리시는 구상인 겁니까."

"네. 나중에는 바다로도 나가고 싶어요."

"바다까지 시야에 두고 계신 겁니까?!"

"해양 자원을 안전하게 공급하는 건 오랜 비원이기도 하고, 우선은 강을 정복하는 것부터 시작하려고요."

"세상에……."

곤혹스러워하며 내 얘기를 듣던 사람들이 감탄의 한숨을 쉬었다.

해변은 마물들의 영역이지만, 얻을 수 있는 자원은 매력적이다. 그러나 개척 비용과 방위비를 생각하면 수지가 맞지 않았다. 실제로 여러 번 개척을 시도하고 실패했다.

내가 무대에 서 있는 동안에 실현될지 모르겠지만, 이왕이면 꿈은 크게 가지고 싶다.

"이건 확실히, 실현된다면 엄청난 얘기군요……."

"매력적인 얘기이긴 하지만…… 그래도 강변은 마물의 습격 빈도가 잦아지는 만큼, 방위에 상당한 수고를 들이게 될 겁니다."

"제가 직접 전장에 설 생각도 있는데……."

"아니스? 방금 그건 못 들은 걸로 할게요."

"아, 알고 있어, 유피! 어, 어디까지나 내 힘이 꼭 필요해지면 나서겠다는 거지. 평소에는 기사가 장비할 마도구를 발명하여 도울 생각입니다!"

유피가 웃는 얼굴로 압력을 가해서 황급히 둘러댔다. 유피는 잘 생각했다는 듯 고개를 끄덕이고 모두를 둘러보았다.

뭔가 어마마마가 생각나는 동작이었다. 한기를 느꼈어…….

"크흠, 어어, 향후 마도구의 발명에 따라 마법을 못 쓰는 평민도 전력 상승을 기대할 수 있어요. 시간은 걸릴지도 모르지만, 강변이어도 마물 습격에 대응할 전력을 모으는 게 가능할 거라고 예상하고 있어요."

"구상 자체는 특이하지만 납득했습니다. 그럼, 다음 의문에 답해 주시겠습니까?"

"좋아, 랑그. 쭉쭉 물어봐."

"아니스피아 전하께서 목표하시는 신도시의 구상은 이해했습니다. 하지만 건설하는 데 마법을 쓴다는 건 대체 무슨 생각이신 겁니까?"

랑그가 질문한 것을 계기로 귀족들이 풍기는 분위기가 조금 딱딱해졌다.

물론 나는 이 반응을 예상했었다. 도시를 만들기 위해 마법을 쓴다는 것은 귀족들을 토목 작업에 동원하겠다는 말로 여겨졌을 테니까. 반발이 있는 게 당연하다.

"설명할게요. 여러분이 걱정하시는 대로, 강변에 도시를 건설하면 마물의 습격이 잦아질 가능성이 있어요. 그렇기에 가장 먼저 방벽을 구축해야 해요. 그 방벽을 구축하는 데 마법의 힘을 써야 한다고 생각해요."

"귀족에게 건축가 흉내를 내라는 겁니까?"

"아뇨, 여러분에게 부탁하고 싶은 건 교육이에요."

"교육……?"

생각했던 것과 다른 대답이었는지 랑그가 눈을 몇 번 깜빡였다.

나는 그 반응을 보고 살짝 쓴웃음을 지으며 설명을 이어갔다.

"제가 모으고 싶은 건, 귀족이 아니지만 마법을 쓸 수 있는 자들이에요."

"아, 아니스피아 전하…… 그, 그건 설마……!"

"여기서 말을 꾸며도 소용없겠죠. 모험가 등으로 활동 중인 귀족의 서자를 고용하고 싶다고 생각하고 있어요."

내가 그렇게 말하자 회의장이 단숨에 술렁거렸다. 이런 반응이 나오는 것도 어쩔 수 없었다. 기본적으로 존재 자체가

도외시되고 있으니까…….

"앞으로 그들 같은 존재를 무시할 수는 없어요. 이 계획은 그런 재야의 인재를 거두기 위한 일환이 될 수 있다고 생각해요."

"그렇군요……. 귀족들이 토목 작업에 종사하길 바라시는 건 아니란 말이지요?"

"네. 그래서 희망자를 모으고, 찬동해 준 자들을 맞아들이고 싶어요. 그들은 마법의 실용성을 중시하니, 이유와 목적, 그리고 보수가 확실하면 힘을 빌려줄 거예요."

"과연, 그런 방법이……!"

"국내에 흩어져 있는 재야의 재능을 거두어들임과 동시에, 도시 건설에 힘이 되는 거로군요! 방위 전력으로도 유용함을 고려하면 좋은 생각입니다……!"

생각보다 반응이 나쁘지 않았다. 나도 귀족에게 마법으로 토목 작업을 해 달라고 부탁해 봤자 거절당할 것은 알고 있었다.

그래서 주목한 것이 평민들 사이에 섞여서 살고 있는 잠재적 마법사였다.

그들에게 활약할 기회를 줄 수 있고, 그 존재를 확인할 수 있다. 그 사람들을 내가 아울러서, 마법을 쓸 수 있으면 활약할 기회가 있다고 선전할 수도 있다.

그리고 귀족에게는 교육을 부탁하는 것이다. 그러면 귀족의 체면도 지킬 수 있고, 원하지 않는 일을 시키지 않아도 된다.

한편 모험가들은 마법 식견이 있는 귀족에게 정식으로 노하우를 배울 수 있다. 아무래도 마법을 독학하게 되는 그들에게 좋은 기회가 된다.

장래에는 이 도시 건설을 계기로 공적을 올린 자를 귀족으로 들일 수도 있지 않을까. 그러면 선선대의 비원을 이번에야말로 이룰 수 있을지도 모른다.

"모험가 등으로 활약 중은 자들은 마법 소양은 있어도 정식으로 마법을 배울 기회가 없어요. 그래서 선배인 여러분에게 협력을 부탁하고 싶어요. 만약 희망자가 있다면, 가문을 잇지 않는 형제나 자녀에게 협력을 요청해도 좋지 않을까요."

"으음…… 확실히 좋은 생각 같군."

"하지만 아무리 귀족이 아닌 자들이라지만 마법을 건축에 이용하다니……."

내 생각에 호의적인 반응을 보이는 사람이 많지만, 개중에는 역시 아직 탐탁지 않아 하는 사람도 있었다.

이것만큼은 어쩔 수 없다고 생각한다. 오랫동안 쌓아 온 상식이니 간단히는 의식을 개혁할 수 없다.

"참으로 좋은 생각 아닙니까."

"그란츠 공?"

"백성이 행복해야 나라가 부유해집니다. 마법은 백성을

지키기 위한 수단이지 않습니까. 그 전제를 잊어서는 안 됩니다. 그렇다면 아니스피아 전하의 의견은 그 힘을 효과적으로 활용하는 좋은 생각이라고 할 수 있지 않겠습니까?"

"그, 그건…… 맞는 말이오……."

그란츠 공이 아주 거침없이 말해서 오히려 내가 당황하고 말았다.

유피는 어이없다는 얼굴이었고, 다른 귀족들도 약간 어색해했다. 분위기를 바꿔 줬으면 좋겠다고 생각은 했지만, 좀 적당히 해 줄 수 없었던 건가요?!

"애매해진 귀족의 형태를 확실히 하기에 딱 좋은 기회라고 생각합니다. 아니스피아 전하께서 제안하신 도시 구상은 실로 흥미롭고 미래가 느껴집니다."

"고, 고마워요……."

"형태는 바뀌더라도 마법의 가치를 떨어뜨리지 않고 다음 세대에 물려주는 것. 그것이야말로 우리가 완수해야 할 명제 아니겠습니까?"

"그렇죠. 저도 같은 생각이에요."

그란츠 공을 따르듯 유피도 고개를 끄덕였다. 그걸 본 귀족들의 반응은 다양했다. 유피에게 동의하듯 웃는 자, 아직 고민하면서도 겉으로는 찬동하는 자.

그렇게 내가 제안한 신도시 구상은 약간 수정되긴 했지만 거의 받아들여졌다.

……여기까지는 순조로웠다. 상황이 이상해진 것은 그 후였다.

회의가 끝나 귀족들이 퇴장하고, 나도 유피에게 인사한 다음 방을 나서려고 했을 때, 그란츠 공이 말을 걸어왔다.

"아니스피아 전하, 잠시 시간을 내주실 수 있을까요?"

"그란츠 공? 네, 상관없긴 한데."

"무사히 신도시 구상도 세워졌고, 이제 아니스피아 전하의 전속이 될 기사단에 관해 생각해 주십사 해서 말입니다."

그란츠 공이 이야기를 꺼내자, 옆에 와 있던 유피가 먼저 반응했다.

"그렇죠. 현지 조사도 선발된 기사들에게 맡기게 될 테고."

그란츠 공과 유피의 대화를 듣고 납득했다. 실로 효율적이다.

하지만 이어서 나온 말에 나는 확 뿜을 뻔했다.

"제 쪽에서 어느 정도 인원은 선발했습니다만, 최종적으로는 기사단장이 될 아니스피아 전하와의 면접도 필요하지 않을까 합니다."

"응? ……응응응?!"

"음? 왜 그러십니까? 아니스피아 전하."

"제가 잘못 들었나요? 제가 기사단장이 된다는 얘기가 나온 것 같은데요?"

"괜찮습니다. 청력은 정상이십니다."

"말의 내용이 이상하다고요!"

역시 잘못 들은 게 아니었어! 대체 어떻게 된 거야?!

"왜 제가 기사단장이 된다는 얘기가 태연하게 진행되고 있는 거예요?!"

내가 당황하며 호소해도 그란츠 공은 전혀 표정을 바꾸지 않았다. 잠깐만, 진짜 잠깐만 기다려 봐. 대체 어떻게 된 거야?!

"저기~ 저는 마학 연구에 전념하면 된다고 하지 않았어요?"

"네. 이것도 그 일환이니 필요한 지위입니다."

"아니아니, 무리예요! 누군가 다른 적임자를 임명하면 안 돼요?!"

"가능하긴 하죠."

"그렇다면!"

"하지만 향후를 생각하면 아니스피아 전하가 그 역할을 맡아 주시는 게 좋습니다."

"아니, 하지만……!"

"아니스피아 전하께서 기사단장이 되시더라도, 기사단 운영은 누군가 보좌관을 임명하면 될 겁니다."

"그렇다면 처음부터 제가 아니라 다른 사람을 기사단장으로 뽑는 게……."

"그자가 아니스피아 전하와 동등한 수준으로 마학과 마도구를 숙지하고 있을까요?"

그란츠 공의 물음에 나는 바로 말이 떠오르지 않았다.

"어, 으음…… 마학에 관해 저와 비슷한 지식이 있으며 기사단장을 맡을 수 있는 사람인가요…….”

“네. 만약 그런 인재가 있다면 꼭 추천해 주셨으면 합니다만.”

내가 생각하기에도 「그런 사람이 있나?」 싶었다. 아니, 없지. 그런 내 반응을 예상했던 것처럼 그란츠 공이 설명을 계속했다.

“도시 관리는 유필리아 여왕 폐하가 보좌관을 붙여 주시기로 했지만, 그건 도시를 만드는 곳이 직할령이니 납득할 수 있습니다. 하지만 마학과 관련된 기사단까지 유필리아 여왕 폐하에게 맡기는 건 아니라고 생각합니다.”

“하지만, 그렇다고 제가 뽑는 건…….”

“유필리아 여왕 폐하에게 승인은 받았습니다. 도저히 아니스피아 전하가 판단할 수 없다고 하신다면 저희가 후보도 선정하겠습니다.”

그란츠 공의 말에 나는 머리를 부여잡고 말았다. 왜 일이 이렇게 되어 버린 거야?! 마침내 나한테까지 무리한 요구를 하는 거야?!

그보다 유피도 나한테 말 안 하고 있었던 거야?! 무심코 유피를 봤는데, 눈이 마주친 순간 그녀는 시선을 피했다.

“저기, 역시 그래도 제가 기사단장이 되는 것보다는 훨씬 나을 것 같은데요…….”

나도 모르게 약한 소리를 하자 그란츠 공의 눈이 살짝 가늘어졌다. 그 모습을 본 순간, 어째선지 등에 힘이 바짝 들어갔다.

"아니스피아 전하."

"넵……."

"전하의 전속이 될 기사단은 마학에 깊이 관여하므로, 전하께서 기사단장 자리에 올라야 한다고 생각합니다. 도저히 승낙할 수 없다고 하신다면 평소처럼 유필리아 여왕 폐하께 맡기셔도 되겠지요. 하지만 유필리아 여왕 폐하에게 기대기만 해서는 입장상 안 좋지 않겠습니까?"

"으, 으음…… 하지만……."

"유필리아 여왕 폐하는 아니스피아 전하의 자유를 보장하기 위해 힘쓰시고 있고, 이에 관해 저도 이견은 없습니다. 그러나 전하는 동시에 왕족이시기도 합니다. 만에 하나 여왕 폐하에게 무슨 일이 생기면 전하가 나서셔야 한다는 걸 인식하고 계십니까?"

"……뭐야?! 그란츠 공!"

"이건 미리 상정해 둬야 할 일입니다, 아니스피아 전하."

그란츠 공이 꺼낸 얘기가 너무나도 상상하기 싫은 내용이라 언성을 높이고 말았다.

하지만 그란츠 공은 담담한 모습으로 고요하게 나를 바라보고 있었다. 그 시선을 보니 말이 나오지 않았다.

"「만일의 경우」라는 것에는 유필리아 여왕 폐하가 쓰러지셨을 때도 포함됩니다. 요양이 필요할 때도 있지 않겠습니까?"

"그건…… 그렇지만……."

"아니면 선왕 폐하에게 부탁하실 겁니까? 선왕 폐하도 언제까지 정정하실지 알 수 없습니다."

"그건 알지만……!"

"아니스피아 전하. 저희는 부모입니다. 부모는, 변고가 없다면 자식보다 일찍 떠납니다."

그란츠 공의 말을 듣고 나도 모르게 숨을 삼켰다. 순간적으로 무슨 말이 튀어나오려고 해서 입술을 깨물었다.

알고 있다. 알고 있지만, 이렇게 갑자기 현실을 보여 주면 다 받아들일 수 없다. 어떻게 해도 피할 수 없는 일이라는 걸 아는데도.

"물론 무슨 일이 생기면 신하로서 저희도 힘을 다할 겁니다. 그때 전하는 어떻게 하실 겁니까? 자신에게 힘은 없다며 앉아서 기다리실 수도 있지만, 그러고 싶지 않으시다면 스스로 왕족의 권위를 이용하는 것도 생각하셔야 합니다."

"그란츠 공……."

"저도 아직 모시기에 부족함이 없는 나이입니다. 하지만 그래도 언젠가 늙습니다. 예상치 못한 일이 제게 닥칠 수도 있습니다."

그란츠 공은 한없이 진지했고 올곧았다. 나를 생각해서 하는 말이라는 건 알 수 있었다.

그렇기에 엄격하게 느껴졌다. 아무 말도 못 하게 될 만큼 마음이 무거워졌다.

“전하는 자신이 가진 힘과 가능성을 좀 더 자각하셔야 합니다. 그게 사람들에게 어떻게 보이는지, 지금보다도 더 확실한 형태로 나타나게 될 겁니다.”

“……알겠어요. 충고 고마워요.”

“아무쪼록 배움의 기회로 여기시고 마음에 담아 두시길. 저도 비슷한 친구가 있었던지라. 우유부단하지만 착하고, 그렇기에 혼자 떠안고는 하던 친구가.”

쿡쿡 웃는 그란츠 공은 조금 성격이 나빠 보였다.

이게 그란츠 공의 사적인 얼굴이라는 걸 알기에, 볼 때마다 뭐라 말할 수 없는 감상이 들었다.

그런 그란츠 공의 태도를 보자 나도 마침내 숨을 푹 내쉴 수 있었다.

“그란츠 공의 말은 진지하게 받아들일게요.”

“네. 전하는 자신이 타인에게 어떻게 보일지 좀 더 생각해 보셔야 합니다.”

“타인이 보는 저, 인가요…….”

“인연은 쉽게 얻을 수 없습니다. 아니스피아 전하가 시야를 넓히셨으면 하는 건 단순히 유필리아 여왕 폐하를 위해서만은 아닙니다. 저희가 하지 못했던 일을 맡기고 싶다는 마음이 있다는 걸 잊지 말아 주시길. 부디 앞으로도 기대하게 해 주십시오.”

"……잘할 수 있을지 모르겠지만, 최대한 해 볼게요."

"고민되신다면 주위 사람들에게 상담해 보십시오. 그럼 저는 이만."

그란츠 공은 즐겁게 웃으며 말했다. 그렇게 그란츠 공을 보내자 유피가 나를 보며 웃었다.

"그럼 힘내세요. 아니스."

"으으…… 왜 이렇게 된 거지……!"

"저렇게까지 말하니 저도 도와드릴 수 없어요. 필요한 일이긴 하니까요……."

"그렇긴 하지만……!"

어쩌지. 진짜 곤란하다. 한심한 얼굴을 하고 있을 내 머리를 유피가 상냥하게 쓰다듬어 줬다.

* * *

"내가 기사단장인가……."

그란츠 공에게 들은 놀라운 이야기 때문에 나는 여전히 고민 중이었다.

그 후 나는 어떻게 받아들이면 좋을지 줄곧 생각했다. 하지만 아무리 궁리해도 마음이 정리되지 않았다.

"어쩌면 좋지……. 이름만 올리는 느낌이고, 실제 운영은 내가 뽑은 사람한테 부탁하는 거니까 어렵게 생각하지 않아도 되겠지만…….”

굳이 소리 내어 말해 봤다. 하지만 역시 납득할 수 없었다. 천장을 올려다보며 한숨을 쉬고 말았다.

“……알고 있을 텐데 말이야.”

그란츠 공이 말한 대로, 유피가 항상 완전한 상태로 있을지는 알 수 없다. 신이 아니고서야 모를 일이다.

아바마마가 건재한 동안에는 대리를 부탁할 수 있을지도 모른다. 하지만 아바마마를 의지하는 게 정답인지 묻는다면 그렇다고 말할 수는 없다.

“너무 응석 부렸어. 다들 응석을 받아 주기도 했지만…….
알고 있어도 좀처럼 마음이 따라 주질 않네.”

왕족의 책무, 그 무게에 넌더리가 났다.

하지만 유피도, 아바마마도, 아르 군도, 다들 짊어지고 있던 무게다.

나도 나름대로 생각이 있어서 멀리했던 거지만, 상황이 달라졌으니 내 사고방식도 바꿔야 한다.

“으음…… 그란츠 공도 다른 사람한테 상담해 보라고 했고, 나블 군이랑 다른 애들한테 말해 볼까. 괜찮아 보이는 사람을 소개해 줄지도 모르고.”

그렇게 생각했으면 바로 행동이다. 나는 나블 군, 갓군, 하르피스를 불렀다.

내 소집에 바로 응해 준 세 사람에게 그란츠 공과 얘기했던 것을 설명했다.

"그런고로 모두가 의견을 낸 도시 구상은 거의 통과됐는데, 다음 문제가 발생했단 말이지."

"아니스피아 전하가 기사단장인가요……."

"기쁜 얘기라고 생각하지만…… 아니스피아 전하는 부담스러우신 것 같군요."

하르피스와 나블 군이 고민스럽다는 듯 말했다. 이에 나도 덩달아 한숨을 쉬고 말았다.

"맞아……. 전혀 엄두가 안 나고, 다른 사람이 하는 게 좋지 않을까 싶어서……."

"그런가요? 아니스 님이라면 의외로 잘하실 것 같은데요."

나한테는 심각한 고민인데 갓군의 대답은 아주 가벼웠다.

너무 가벼워서 나는 눈살을 찌푸리며 갓군을 뚱하게 보았다.

"갓군…… 있잖아, 나는 오랫동안 왕족답지 않게 행동했고, 하물며 기사도 아니야. 그런데 갑자기 기사단장이 되라니 이상하잖아?"

"그렇게 말씀하셔도…… 마학 연구에도 관여하는 기사단이 될 테니, 마학에 빠삭하고, 실력도 공적도 있고, 신분도 높은 아니스 님이 단장이 되는 게 가장 적절하잖아요?"

"윽…… 하, 하지만 나인데?"

갓군이 말하고자 하는 바는 이해하지만, 기사단장이라는 직함의 무게에 주저하게 됐다.

“저기…… 아니스피아 전하, 저도 가크 씨와 같은 의견이에요.”

“하르피스까지?!”

“저도 아니스피아 전하가 단장이 되시는 게 가장 적절하다고 생각합니다.”

“나블 군마저! 아니, 나는 기사도 아닌걸!”

“하지만 근위 기사단 사람들에게는 사랑받고 있잖아요?”

“윽.”

“실력이야 드래곤을 토벌했다는 실적이 있고…….”

“으으윽…….”

“왕족이시고, 유필리아 여왕 폐하의 언니시고, 입장을 봐도 충분하죠?”

이유를 나열하니 확실히 그랬다. 동시에 「그렇지만」 하고 생각하게 됐다.

내가 기사단장이 되다니, 그런 건 전혀 상상이 안 가.

“그, 그치만…… 나는 기사에 관해 아무것도 모르는걸.”

“이제부터 배우면 되지 않습니까? 실무는 보좌관에게 맡기면 되겠죠. 마학 연구도 하셔야 하니까요.”

“하지만 그건 결국 다른 사람을 단장으로 뽑는 것과 똑같잖아?”

“아뇨, 아니스피아 전하께서 위에 선다는 형식이 중요한 겁니다.”

"나블 군……?"

평소보다 묘하게 강한 어조로 나블 군이 단언했다. 이에 내가 놀라자 나블 군의 분위기가 진지하게 바뀌었다.

그 변화를 느끼고 나는 자연스럽게 자세를 바로 했다.

"아니스피아 전하, 저는 전하의 신뢰를 얻고 싶습니다."

"신뢰?"

"예. 솔직히 말씀드리겠는데, 전하는 저를 곁에서 함께할 상대로 생각하지는 않으시지요? 그건 믿지 않는다고 말할 수 있습니다."

나블 군에게 지적받고 말문이 막혔다. 믿지 않는다고 정면으로 말하니 바로 부정할 수 없었다.

나블 군은 인간적으로 좋게 생각한다. 하지만 부하로서 믿느냐고 묻는다면 단언할 수 없었다.

새삼 지적받고 내가 그렇게 생각하고 있다는 걸 납득했지만, 납득하는 것에 놀라기도 했다.

"하지만 믿지 못하시는 것도 어쩔 수 없다고 생각합니다."

"어쩔 수 없다고?"

"아니스피아 전하는 기사에 관해 아무것도 모른다고 하셨지요. 그러니 단장 일을 잘할 수 있을 리가 없다고. 그건 당연합니다."

나블 군은 내가 외면하고 있는 사실을 단호하게 지적했다.

"알려고 하지 않는 것을 알 수는 없습니다. 아니스피아 전하의 사정을 생각하면 어쩔 수 없는 일이지요. 윗사람을 따르지 못하는 집단은 언젠가 와해될 수밖에 없습니다. 그렇기에 아니스피아 전하도 믿을 만한 사람에게 맡기고 싶으신 것 아닙니까?"

"그야, 나 말고 걸맞은 사람이 있다고 생각하니까……."

"그래도 저는 아니스피아 전하께서 윗사람이 되셨으면 합니다."

"……어째서?"

"전하가 존경할 만한 분이기 때문입니다. 확실히 파격적인 일면도 있고, 왕족답지 않은 행동을 하시기도 하죠. 하지만 그래도 전하에게는 왕족으로서, 윗사람으로서 인정받을 만한 소질이 있다고 저는 느낍니다."

나블 군의 올곧은 말을 듣고 나는 아무 말도 할 수 없었다.

어째서 그렇게나 나를 생각해 주는 걸까. 그런 의문이 도저히 머리를 떠나지 않았다.

"제가 바라는 아니스피아 전하와의 이상적인 관계는, 신뢰하여 필요한 역할을 맡겨 주시는 겁니다. 그리고 그렇게 생각하는 건 저뿐만이 아닐 겁니다. 평민 출신 기사라면 저보다 더 절실하게 바라고 있을지도 모릅니다."

"나블 군……."

"그렇기에 전하께서 위에 설 필요가 있다고 느낍니다. 만약 뭘 해야 할지 모르시겠다면 전하를 보좌할 사람을 뽑으시면 됩니다. 전하의 판단으로, 전하에게 부족한 것을 채워 줄 사람을 직접 뽑으시면 됩니다. 그 절차가 중요한 겁니다."

"……그렇게 말해도, 자신이 없어."

"아니스피아 전하. 전하 밑으로 모여서, 신뢰받는 것이야 말로 명예라고 느낄 자가 앞으로 늘어날 겁니다. 그 기대를 짊어져 주셨으면 합니다."

"나한테 신뢰받는 것이 명예가 된다고……?"

"명예란, 완수한 일을 칭송하기 위해 이름을 붙이는 겁니다. 고작 직함일 뿐일지도 모르지만, 그건 결코 무의미하지 않습니다."

"그건, 대충 이해하지만……."

"신뢰를 얻는 건 저희 기사에게 명예가 됩니다. 그러면서 전하께서 인도해 주시길 바라는 겁니다. 저는 그런 관계를 전하와 구축하고 싶습니다."

나블 군은 움켜쥔 손을 자신의 가슴에 얹었다. 그 손에 땀이 날 정도로 힘이 들어가 있는 것을 나는 보고 말았다.

아아, 나블 군도 긴장하고 있구나. 그런데도 필사적으로 말하고자 하고 있었다. 이걸 제대로 듣지 않는 건 실례다.

"저는 제가 뛰어난 기사라고 생각하지 않고, 아직 배워야 할 것이 많이 있습니다. 하지만 그래도 전하가 저를 의지해 주신다면 힘껏 부응하고 싶습니다."

"나블 군……."

"아니스피아 전하, 당신은 이제 선택받는 측이 아닙니다. 선택하는 측입니다. 저는 아니스피아 전하를 모시고 있는 만큼 다소 사정을 안다고 생각합니다. 집안의 지위도 충분합니다. 보좌하라고 하신다면 온 힘을 다하겠습니다. 또한 평민 출신 기사들을 아우르는 건 시안 남작에게 도와달라고 해도 좋을 겁니다. 가크는 남들 위에 서는 직무를 맡길 수 없지만, 사람들과 금방 허물없이 지내는 남자입니다."

나블 군은 조용히 기도하듯 눈을 내리뜨며 말을 자아냈다.

"부디 저희를 믿어 주십시오. 그러기 위해 노력을 아끼지 않을 겁니다. 전하가 저희를 이끌어 주신다면, 불안을 몰아내기 위해 함께 배우겠습니다. 전하를 모시는 기사로서 전력으로 전하의 기대에 부응하고 싶습니다."

믿어 달라.

그 올곧은 말은 오히려 우직할 정도였다. 그렇기에 깊이 박혔다.

"라일라나와 싸웠을 때, 아니스피아 전하는 저희보고 걸리적거린다며 물러나라고 하셨습니다. 그건 기사로서 부끄러워해야 할 약함입니다. 그만큼 전하는 강하십니다. 그 강함이, 전하가 보여 주신 미래가, 저희의 지표가 된다면 한마음 한뜻이 되는 것도 불가능하지 않습니다. 전하가 보여 주신 미래에는 그만한 가치가 있습니다. 기사로서, 존경할 만한 사람이 걸맞은 지위에 있고, 섬길 수 있는 것은 행복한 일입니다. 그걸 부디 마음에 새겨 주셨으면 합니다."

*　*　*

"유피, 오늘 밤은 같이 마시자."

정무를 끝낸 유피가 별궁에 돌아왔다. 둘이서 방에 들어가자마자, 나는 일리아에게 부탁했던 술을 꺼내며 그렇게 말했다.

그러자 유피는 의아해하는 얼굴로 나를 보았다.

"술이요? 별일이네요. 아니스가 먼저 술을 마시고 싶어 하다니."

"보통은 잘 안 마시긴 하지……."

물론 나도 가볍게 즐기는 정도로는 마신다. 하지만 그렇게 술이 세지는 않고, 고주망태가 될 때까지 마시는 건 좋아하지 않는다.

그래서 밤에 술을 마시는 일은 드물었다. 하지만 오늘은 술을 마시고 싶은 날이었다.

"그럼 오늘은 왜 술을?"

"나블 군이랑 다른 애들한테 내가 기사단장이 될지도 모른다는 얘기를 했거든."

"……그랬군요. 아니스가 원한다면 같이 마시겠어요."

"고마워. 자, 받아. 유피."

"저도 따라 드릴게요."

"응, 고마워."

준비한 와인잔에 각각 와인을 따랐다.

서로 잔을 들어 가볍게 부딪쳤다.

"건배."

"네, 건배."

살짝 음미하듯 한 모금. 입술을 적시고 가볍게 머금는 정도로 마셨다.

유피를 보니, 유피가 마신 양도 얼마 되지 않았다. 턱을 괴고서 유리를 바라보며 입을 열었다.

"……기사단장이 되는 걸 애들한테 말해 봤는데."

"반응은 어땠나요?"

"생각보다 올곧은 말로 찬성해 줬어. 그러면서 나블 군이 한 말이, 좀 그래서."

"뭐라고 했는데요?"

"나는 이제 선택하는 측이래. 그래서 내게 선택받는 것을 명예로 느끼는 사람도 있다고. 그 사람들의 마음도 생각해 줬으면 좋겠다고 했어."

"이해가 안 가는 건 아니네요."

"유피도 그렇게 생각해?"

"네. 저는 당신에게 진심으로 신뢰받고 있다고 자부하는 몸이니까요."

유피는 미소 지으며 그렇게 말했다. 기뻐하는 듯한 온화한 목소리라서 나는 눈을 가늘게 뜨고 말았다.

그런가. 유피도 그렇게 생각하는구나. 내게 신뢰받아서 기쁘다고.

생각해 보면 그렇긴 했다. 그저 내가 그런 사람이 될 거라고는 어째선지 전혀 생각하지 않았을 뿐이다.

"하지만 아니스는 싫어할 거라고 생각했어요."

"어?"

"기사단장이 되면 기사단에 무슨 일이 생겼을 때 책임을 져야 하니까요."

"그렇지……."

"아니스는 책임감이 강하니까 분명 혼자 끌어안겠죠. 아니스는 마학에 집중하고, 기사단장은 믿을 수 있는 자에게 맡기는 게 좋다고 저는 생각했지만……."

"하지만 그란츠 공의 생각은 달랐어."

내가 그렇게 말하자 유피는 쓴웃음을 지으며 고개를 끄덕였다.

유피가 잔을 가볍게 돌리자 와인이 조용히 물결쳤다.

"알고 있어요. 만약 제게 무슨 일이 생기면 아니스가 왕이 되어야 하겠죠. 듣고 보니 당연한 일이지만, 저는 생각하지 않았어요. 아버지에게 지적받고 나서야 깨달았을 정도예요."

하지만, 하고. 작게 중얼거리며 유피는 와인잔으로 시선을 떨어뜨렸다.

“할 수 있을 줄 알았던 거예요. 자만했던 거죠. 자신의 힘에 취했다고 생각하진 않았는데……. 아니스가 고생하지 않도록 잘 처신할 수 있을 줄 알았어요.”

“유피는 대단해. 이미 왕의 역할을 훌륭히 해내고 있어. 실제로 나는 편하게 지내고 있어.”

“하지만 아버지가 하시고자 한 말씀은 그게 아니라, 제가 쓰러졌을 때에 관한 거였어요. 옳은 지적이지만, 제가 의식해야만 했다고 잔소리가 시끄러워서…….”

“아, 아하하하…….”

유피는 그란츠 공에 대한 푸념을 토로한 후, 남은 와인을 단숨에 마셨다. 나는 즉시 유피의 빈 잔에 와인을 따라 줬다.

“좀 더 확실히 말해 주면 좋겠다는 생각도 들긴 하지만…… 어쨌든 무시할 수 없는 얘기였기에 이번 이야기는 받아들였어요.”

“유피는 어떻게 생각해? 내가 기사단장 일을 할 수 있을 것 같아?”

“금방 잘하게 될 거예요. 아니스는 노력가고, 그렇기에 노력하는 사람을 함부로 대하지 않는 사람이니까요.”

“그런가…….”

나는 힘없이 중얼거리고서 와인을 들이켰다. 그러자 이번에는 유피가 빈 잔에 와인을 따라 줬다.

그 와인을 흔들며 바라본 후, 이번에는 한 번에 쭉 마셔 버렸다.

"……푸하!"

"아니스? 그렇게 급하게 마시면 금방 취해요."

"취하고 싶어. 취하고 싶어서 마시는 거야. 맨정신으로 듣기 힘들어서……."

"……그렇게 싫은가요?"

"싫은 게 아니야. ……당혹스러운 거지. 그저 그뿐이라는 건 나도 알아. 알기에, 어쩌면 좋을지 못 정하겠어."

"그럴 만도 하죠. 지금까지 아니스가 겪은 일을 생각하면 더더욱. 만약 아니스가 기사단장이 되고, 당신을 동경한 사람이 모이고, 당신처럼 되고 싶어 하는 사람들이 있으면 힘낼 수밖에 없잖아요? 아니스는 그런 사람이니까."

"……부정할 수 없네."

"당혹스러운 건 이해해요. 하지만 그렇기에 저는 당신이 기사단장이 되어도 괜찮다고 생각해요. 잘 풀리지 않는 일도 많이 생기겠죠. 하지만 아니스라면, 시간을 들이면 괜찮을 거예요."

"……그런가."

유피가 괜찮다고 말해 줬다. 그것만으로도 마음이 조금 가벼워지니 나도 참 타산적이다.

"……유피."

"왜요? 아니스."

"나 있지, 술 별로 안 좋아해."

"같이 마시자고 해 놓고서 할 말은 아닌 것 같은데요……."

"하지만 정말이야. 모험가로 활동했을 때, 같이 마시자고 권유받은 적이 있었거든? 그때 취했는데 되게 기분이 안 좋았어."

"술은 약한가요?"

"세진 않아. 하지만 그것보다도 취하는 감각이 싫었어. 왜 취하는 게 싫었는지 이제는 알 것 같아."

유피는 아무 말 없이 조용히 뒷말을 재촉했다.

이번에는 빈 잔에 직접 와인을 따르며 나는 중얼거렸다.

"어떻게 말하면 좋을까……? 나한테 그 무렵은 항상 악몽을 꾸고 있는 것과 비슷했어."

"악몽이요?"

"이것저것 포기했지만 납득하지 못했던 시기니까. 지금 돌이켜 보고 그렇게 생각하게 된 거지만, 당시에는 이런 생각을 할 여유도 없었어."

"그거랑 취하는 걸 싫어하는 게 무슨 상관인가요?"

"악몽에 취해야만 제정신을 유지할 수 있었던 거야. ……지금 생각해 보면 그래."

나직이 중얼거린 목소리는 생각보다도 낮게 나왔다.

일순 밝은 척할까 싶었지만…… 그만뒀다. 그 목소리 그대로 나는 심정을 밝혔다.

"취하면 자신이 악몽에 취해 있다는 걸 깨닫게 되니까. 술에 취하면 이성도 흐려져서 더더욱 본심이 튀어나오잖아. ……자기 자신조차 속이려고 했던 본심이."

"아니스……."

"그래서 지금은 그렇게까지 싫어하지 않아. 본심을 밝히는 데 술의 힘을 빌리는 것도 나쁘지 않다고 생각해. 유피가 있으니까."

"그렇다면 다행이에요. ……그래서 마음은 좀 편해진 것 같은가요?"

"지금은. 하지만 분명 내일이면 또 끙끙대고 있을 거야."

아마 나는 편하게 웃고 있을 것이다. 그만큼 지금 나는 풀어져 있었다.

그렇기에 순순히 뭐든 말해 버린다.

"나쁜 꿈도 좋은 꿈도 잔뜩 꿨어. 하지만 이제 꿈만 꾸고 있을 수는 없다는 걸 자각하게 됐어."

"그래서 당혹스러운 건가요?"

"응. 뭐랄까…… 마침내 땅에 발을 딛게 된 것 같은, 그런 기분이야."

꿈을 꾸는 것은 하늘을 올려다보는 것과 비슷하다. 나는 지금까지 줄곧 위만 쳐다보았다.

유피를 비롯해, 내가 꿈을 꿀 수 있게 해 준 사람들이 있었다.

하지만 이쪽을 봐 달라는 목소리도 들리게 되었다.

그저 꿈만 꾸던 내가, 이번에는 누군가가 꿈꾸는 대상이 되어 있었다.

그러니 꿈만 꾸고 있을 수는 없다. 나를 봐주는 사람들에게 보답해야 했다.

"꿈을 보여 주면 된다고 생각했었어. 실제로 목표를 완수했다고 생각해. 이번에는 그 꿈을 계속 믿고 싶은 꿈으로 만들어야 해. 그건 아주 기나긴 길이지. 알고 있었을 텐데 실감이 부족했던 것 같아."

"그렇죠……. 아니스는 확실히 땅에 발을 딛지 않고 있었어요."

"불안해. 나는 믿을 수 있지만, 다른 사람들은 과연 믿어 줄까……?"

"어려운 일이에요."

"유피한테도?"

"저한테도요."

"그럼 엄청나게 어려운 일인가 보다."

"네."

"유피도 어렵다면, 역시 찬찬히 노력해 나갈 수밖에 없겠네."

그렇게 말하며, 마음속으로 유피는 정말로 대단하다고 생각했다.

책무를 짊어지고, 그걸 완수할 수 있는 사람이라고 믿음을 얻는 것. 그걸 쭉 계속하는 것.

그건 터무니없이 힘든 일이다. 다들 날 포기했다고, 줄곧 그렇게 여기며 살아온 내게는 눈이 부실 정도였다.

그렇게 생각하고 있으니 유피가 키득키득 웃기 시작했다.

"조금 기뻐요."

"응?"

"저는 아니스가 꿈을 꿀 수 있다면 그만이라고 생각해요. 하지만 당신이 남들에게 인정받고 당당해지는 것도, 그건 그것대로 기쁜 일이라는 생각이 들어요. 당신은 줄곧 핍박받았으니까요."

"……그래서 당혹스러운 거겠지만 말이야. 하지만 변화를 추구한 건 우리니까 확실하게 해야겠지."

"그렇죠."

"하아~ 하지만 기사단장이 되기는 싫다~!"

"그럼 그만둬도 된다고, 저만큼은 응석을 받아 줄게요."

"으으~! 심술쟁이! 예예, 알겠습니다~! 제대로 받아들일게요~!"

"아니스라면 그렇게 말할 줄 알았어요."

"말하게 만든 거겠지."

"그냥 아니스가 그렇게 느낀 거 아닌가요? 저는 안 해도 된다고 했는데요?"

"이게 바로 심리전이잖아! 그런 부분은 그란츠 공을 닮아 가고 있어!"

"……네?! 그, 그냥 넘어갈 수 없는 말이네요……! 그런 말을 하는 아니스는 미워요!"

"아~ 생각보다 대미지를 받았네! 유피 재밌어~!"

"아뇨, 전혀 안 닮았어요. 네, 안 닮았고 말고요!"

"그래그래, 내가 잘못했어. 자, 와인 따라 줄게."

밤은 깊어 간다. 소중한 사람과 생각을 나누는 평온한 시간을 자아내며.

그것이 내일도 좋은 꿈을 꿀 거라는 희망이 되는 것 같았다.

4장 여행을 떠나기 전에

마학을 보급하기 위한 새로운 연구 도시를 만든다. 이 계획이 본격적으로 시작되면서 나는 매우 바빠졌다.

우선 마학을 함께 연구하기 위한 인원 확보. 이건 랑그가 마학 연구에 관심이 있는 마법부 사람을 소개해 줬기에 하르피스와 함께 면접을 봤다.

동시에 내 전속 기사단에 입단할 기사들을 선별했다. 이쪽은 시안 남작 덕분에 별 탈 없이 진행되었다.

그러면서 내 직함도 정식으로 임명받았다.

먼저 여왕 직속 마학 연구 기관인「마학 연구실」실장.

그리고 이 연구소의 직속인「마도 기사단」단장.

즉, 나는 여왕의 언니이자, 마학 연구실장이자, 마도 기사단장이 되었다.

윗사람이 되면 무엇이 기다리고 있는가? 바로 서류 업무다.

나는 집무실로 쓰기 위해 재정비한 별궁의 일실에서 책상에 엎어져 넋을 토해 내고 있었다. 시선 끝에는 서류가 산처럼 쌓여 있었다. 절실하게 현실을 외면하고 싶다.

"어째서 이렇게 내가 날인해야 하는 서류가 많은 거야……?"

"이게 아니스피아 전하…… 아뇨, 아니스피아 단장님의 일이니까요."

시들시들하게 중얼거리자 나블 군이 담담히 지적했다.

내 입장이 바뀌며 나블 군의 입장도 달라져서, 이제 나블 군은 기사단장의 보좌관이었다. 부친이 근위 기사단장인 것을 살려서, 내가 기사단장으로서 잘해 나갈 수 이게 조언해 줬다.

참고로 마도 기사단의 부단장은 시안 남작인데, 남작은 지금 왕도에 없었다. 신도시 건설 예정지를 조사하러 갔기 때문이다.

"아니스피아 전하, 봐주셨으면 하는 서류가 있는데…… 바빠 보이시네요."

정중한 노크 소리가 들린 후, 서류를 든 하르피스가 들어왔다. 그리고 방 안의 모습을 보더니 쓴웃음을 지었다.

"수고 많아, 하르피스. 아니스피아 단장님은 시간이 남아돌아서 투덜거림으로 때우고 있던 차이니 신경 쓸 필요 없어."

"그렇진 않아! 좀 더 신경 써 줘!"

"바쁘신 줄은 알지만, 몸 상하지 않게 조심하세요, 아니스피아 전하."

"으음~ 그건 하르피스도 그렇잖아? 이것저것 정신없지?"

"뭐, 그렇죠. 하지만 마리온도 도와주고 있어요."

내가 묻자 하르피스는 아주 행복하게 미소 지었다. 그 표정을 보니 나도 절로 미소가 나왔다.

여러 가지로 바뀌어 가는 와중에, 하르피스도 변화를 맞이했다. 그 변화가 바로 하르피스가 행복하게 미소 짓는 이유였다.

“신혼이니까 행복이 가득하겠지.”

내가 그렇게 지적하자 하르피스의 얼굴이 단숨에 빨개졌다. 그대로 고개를 숙인 하르피스는 얼버무리듯 앞머리를 만지작거렸다.

“이, 이렇게 바쁜 시기에 집안 사정으로 어수선하게 굴어서 죄송해요……!”

“하르피스도 예상하지 못한 일이잖아? 어쩔 수 없지. 나랑 유피가 원인이고, 오히려 폐를 끼쳤네.”

“확실히 예상 못 한 일이었죠……. 저도 이렇게 될 줄은 생각도 못 했어요.”

“그렇지. 원래는 데릴사위를 들이려고 했는데 시집을 가게 됐으니까.”

“아하하…….”

하르피스는 마학 도시 건설이 결정된 준비 기간 중에 약혼자였던 마리온과 결혼했다.

이 결혼은 갑자기 정해진 것이라서 준비도 분주하게 진행되었다. 그 여파로 하르피스는 꽤 다망했다.

애초에 왜 하르피스가 갑자기 결혼하게 되었는가?

그건 하르피스의 약혼자였다가 지금은 남편이 된 마리온

의 집안 사정 때문이었다.

원래 하르피스는 마리온을 네이블스 자작가에 데릴사위로 들일 예정이었다.

하지만 그 예정은 앤티 백작가의 의향으로 변경되었고, 마리온이 가주가 되게 되었다. 그에 따라 하르피스가 앤티 백작가에 시집을 가게 되었다.

왜 그런 변경이 생겼는가 하면, 본래 앤티 백작가를 이을 예정이었던 마리온의 형, 그 약혼자의 집안이 거의 몰락했기 때문이다.

일련의 문제는 그 약혼자 집안의 가주가 아주 큰 실수를 저지른 것부터 시작되었다.

"예상 못 했죠. 유필리아 님에게 국서를 맞으라고 진언하여 눈 밖에 나게 될 줄 누가 알았겠어요……."

"으음~ 역시 좀 그랬지. 솔직히 유피가 국서를 들이길 바라는 마음은 이해하지만, 발언이 과했어."

문제를 일으킨 귀족은 정령 신앙에 빠져 있었고, 마법부와도 관계가 깊었다.

그 연줄로 앤티 백작가와 약혼을 맺은 것이었다.

그런 그는 기상천외 왕녀인 나를 탐탁지 않게 여겼다.

신앙심이 깊어서 그렇겠지만, 그렇기에 행동에 나서고 만 것이다.

어떤 행동에 나섰는가 하면, 공적인 자리에서 유피에게 국서를 들이라고 넌지시 권했다.

"그 귀족, 평소의 언동 때문에 유피의 요주의 리스트에 들어갔을 때부터 운이 다한 거지……."

"요주의 리스트에 들어간 건 아니스피아 전하에게 모욕적인 태도를 보였기 때문이죠?"

"뭐, 음, 그렇다고 하던데……."

그 귀족은 예전에 나를 직접 모욕한 적도 있었기에 유피가 개인적으로 주시하고 있었다. 그런 가운데 훌륭하게 유피의 역린을 건드려 버린 것이다.

"단순히 국서를 들였으면 좋겠다고 제안했다면 유피도 그냥 넘겼을 테지만, 그 귀족은 유피의 재능과 존재가 얼마나 존귀한지 역설하고, 나와의 관계는 부정하지 않으면서도 한때의 열병에 불과하다고 말해 버렸단 말이지……."

"……두 분을 아는 자로서, 정말 무서운 발언이군요."

나블 군이 작게 중얼거렸다. 그 안색은 매우 나빴고, 오한이 드는지 팔을 연신 문질렀다.

"유필리아 여왕 폐하께서 아니스피아 전하를 진심으로 총애한다는 걸 알았다면 그런 발언은 치명적이라는 것도 알았을 텐데……."

"그만큼 정령 계약자라는 존재에 눈이 멀었던 걸지도 몰라. 나를 총애하는 건 좋지만, 이 나라를 위해서 더 많은 애인을 두는 게 좋지 않겠냐는 거지. 유피는 그럴 만한 자격이 있고, 왕족으로서 틀린 일은 아니지만…….”

“유필리아 여왕 폐하에게 국서 얘기를 꺼내다니, 저는 무서워서 못 해요…….”

“저도 하르피스와 같은 의견입니다. 자업자득이라는 말을 들어도 반박할 수 없습니다. 강기숙정에 힘을 주고 있는 상황에서 유필리아 여왕 폐하에게 찍히는 건 스스로 의심의 씨앗을 뿌린 거나 마찬가지입니다.”

“실제로 내심 나를 안 좋게 생각했던 모양이니까. 생각은 자유지만, 입 밖에 낸 이상은 책임을 져야지.”

내가 중얼거리자 나블 군과 하르피스는 뭐라 말할 수 없는 표정으로 한숨을 쉬었다.

아무튼 이 소동으로 그 귀족은 유피에게 크게 꾸지람을 듣게 되었다.

가뜩이나 마법부 재편의 영향으로 입장이 약해진 차에 쐐기가 박힌 거다. 이 일로 주변 사람들과 연이 끊기면서 단숨에 추락하고 말았다.

“불쌍하긴 하지…….”

“스스로 불러온 재앙이죠.”

“으음~ 그렇긴 하지만.”

상식적으로 생각하면 왕족으로서 핏줄을 남기는 건 옳은 일이다. 그러니 유피가 국서를 들이길 바라는 마음은 이해가 간다.

하지만 애초에 우리는 팔레티아 왕국의 형태를 바꾸려 하고 있었다. 그런 와중에 용케 국서 얘기를 꺼냈다는 생각도 든다.

언급하더라도 말을 잘하지 않으면 이렇게 화를 살 게 뻔한데, 그 귀족은 대체 어쩔 생각이었던 것인지 조금 궁금하다.

유피는 정령 계약자니까 후사는 나중에 생각해도 된다고 말하는 사람도 있다. 재미없는 얘기지만, 내가 이제 인간이 아니라는 것을 사람들은 모르니까, 내가 늙어서 죽은 다음에 얘기해도 늦지 않다고 숙덕거리는 자들도 있다.

개중에는 나나 유피나 자식을 볼 생각이 없다는 걸 눈치챈 사람도 있지만.

그런 사람들은 찬성하든 반대하든 대놓고 움직이지 않는다.

그러니 이번 일은 경솔한 귀족이 자신의 발언에 호된 역풍을 맞았을 뿐인 그런 얘기였다.

당사자한테는 그런 단순한 얘기가 아니겠지만. 실제로 집안이 기울었고.

"이 일 때문에 주변 사람들과 연이 끊겼잖아……. 실언한 가주는 그렇다 쳐도, 휘말린 가족들은 가여워."

"그래서 마리온 님이 앤티 백작가를 잇는 게 좋겠다는 얘기가 나온 건 좋은 일인지 나쁜 일인지 모르겠군요……."

"마리온의 형도 결심하기 쉽지 않았을 텐데. 약혼자의 기울어진 집안을 자신이 다시 일으키겠다며 데릴사위로 들어

갈 생각을 하다니, 웬만한 각오 없이는 불가능한 일이야."

마리온의 형은 약혼자의 집안이 몰락할 위기를 좌시하지 못했다.

그래서 유피와 연이 있고, 약혼자인 하르피스도 나와 관계가 양호하니, 마리온이 앤티 백작가를 잇는 게 낫다고 주장했다.

그리고 자신은 약혼자의 가문에 데릴사위로 들어가 그 집안을 다시 일으키고자 했다.

이에 앤티 백작가와 네이블스 자작가가 이야기를 나눠서, 마리온이 앤티 백작가를 잇고, 하르피스가 시집을 오기로 했다.

그렇게 이야기가 결정되자, 하르피스가 내 측근인 탓에 여러 방면에서 어프로치를 받고 있기도 하여, 예정을 앞당기는 편이 좋겠다며 빠르게 결혼을 단행한 것이다.

"역시 호칭은 고치는 게 좋지 않겠습니까? 앤티 백작 부인?"

"놀리지 마세요, 나블 님. 딱히 마리온 님은 오해하지 않으니까요."

"그래도 질투는 할 테지."

"나블 님!"

나블 군이 놀리자 하르피스는 볼을 빨갛게 물들였다.

예전 같았으면 웬일로 나블 군이 이러나 싶었겠지만, 최근에는 이런 일면도 종종 볼 수 있었다. 그게 왠지 기뻤다.

"크흠! 그러고 보니 곧 있으면 아니스피아 전하도 신도시 건설 현장에 가시겠네요."

"휴일에는 왕도에 돌아오겠지만, 기본적으로는 그쪽에 있게 되겠지. 준비가 갖춰지면 하르피스도 도시에 와야 할 거야."

"그동안 이쪽도 준비를 끝내 둘게요."

"부탁할게, 앤티 부실장."

"네, 맡은 일은 반드시 해내겠어요."

가슴에 손을 얹은 하르피스의 얼굴에는 자신감과 의욕이 넘쳤다.

하르피스에게는 왕도에 남아서 연구실에 들어오고 싶어 하는 자들을 교육하고, 향후 연구에 쓸 만한 자료를 정리해 달라고 했다.

사실상 왕도를 떠나는 나의 대리라고 할 수 있었다.

"신혼인 하르피스에게는 딱 좋으려나? 일할 때도 마리온이랑 같이 있지?"

"고, 공사를 혼동하진 않아요!"

"후후, 미안, 미안."

"실례합니다! 가크 램프, 돌아왔습니다! 어라? 하르피스도 와 있었어?"

하르피스를 놀리고 있자, 변함없이 가벼운 모습으로 갓군이 방에 들어왔다.

나블 군은 눈썹을 까딱하더니 두통을 참듯 미간을 짚었

다. 그런 나블 군의 모습을 알아차리고 하르피스는 쓴웃음을 지었다.

여전한 세 사람을 흐뭇하게 여기며, 나는 갓군에게 말했다.

"어서 와, 갓군. 기사단은 어땠어?"

"시안 남작…… 아니, 이제 시안 부단장님이죠. 그분이 단련한 기사들이 봐주고 있으니까요. 문제는 없을 것 같습니다. 원래 모험가로 활동했던 사람도 많고요."

"그런가. 그럼 다행이야. 다툼 같은 건 없는 거지?"

"걱정하지 마세요. 뭐, 걱정하시는 것도 이해하지만요. 귀족도 몇 명 섞여 있으니."

내 전속이 될 마도 기사단에는 직접 스카우트해서 데려온 모험가들이 있었다.

걱정거리는 그들이 기사라는 입장에 적응할 수 있을지. 그리고 또 하나, 모험가 외에도 기사단에 지원한 귀족들과의 관계였다.

지원한 귀족은 대부분 집안을 이을 가망이 없는 사람들로, 불우한 처지였던 사람이 많았다.

하지만 아무리 처지가 불우해도 귀족으로서 자란 그들이 전직 모험가들과 좋은 관계를 쌓을 수 있을지는 도박이었다.

"아니스 님은 걱정하셨지만, 귀족이라고 해도 입단을 희망한 자들은 대부분 가문에 있을 자리가 없는 녀석들이에요. 그래서 모험가를 별로 기피하지 않아요."

"끈질긴 것 같긴 한데, 진짜 아무 문제 없는 거지?"

"네. 전직 모험가들은 자신의 경험을 토대로 실전 경험이 없는 귀족들을 가르칠 수 있고, 귀족은 반대로 예의범절을 가르치고 있어요."

"그런가. 사이좋게 지내고 있다면 안심이야. 이 정도면 이제 준비는 됐다고 봐도 되겠어."

"네. 연구실에는 하르피스가 아니스피아 단장님의 대리로 남을 거고, 기사단은 현지에 가 봐야 알 수 있는 점들이 있지만, 거의 문제없을 겁니다."

"아니스 님은 준비 다 되셨나요? 메이드를 몇 명 데려가실 거죠?"

"응. 역시 많이 데려갈 수는 없지만."

내가 갈 곳은 미개척지다. 하루하루 생활하는 것도 편하지 않을 것이다.

그런 곳에 데려갈 수 있는 메이드는 한정되어 있다. 그 선정은 일리아에게 부탁했는데…….

"한 명은 다들 아는 사람일 거야. 샤르네거든."

"아아, 퍼시먼 자작가의 영애인가. 그러고 보니 별궁에서 메이드로 일한다고 저번에 말씀하셨죠."

"그 아이는 활 솜씨도 뛰어나고, 마법도 훈련하면 제법 잘할 거야. 최소한 자기 몸은 지킬 수 있고, 개척지 생활을 고되게 여기지 않을 만한 의욕이 있어. 메이드로 일하면서 호위도 겸할 예정이야."

"영지를 구해 준 은혜를 보답하고자 하는 마음도 있을 테고, 충성심이 높은 건 좋은 일입니다. 좋은 인연을 얻었군요."

"그러게요! 이야~ 펜리르를 해치운 보람이 있었네요!"

나블 군과 갓군도 샤르네를 호의적으로 보고 있는 것 같았다. 사이좋게 지낼 수 있을 듯하니 다행이다.

하지만 나는 무심코 깊은 한숨을 쉬고 말았다.

"샤르네는 솔직하고 착한 아이지만. 따라올 예정인 다른 한 명이……."

"뭔가 문제가 있는 분입니까?"

"문제는 없어. 비서로 써도 될 거라고 일리아가 보증해 줬거든."

"능력은 문제없다는 건가요? 그럼 어떤 점을 걱정하시는 겁니까?"

"그게……."

내가 설명하려고 했을 때, 누군가가 문을 노크했다.

문 너머에서 들려온 목소리를 듣고, 이건 타이밍이 좋은 걸까 나쁜 걸까 하는 생각을 하고 말았다.

"아니스피아 전하, 들어가도 될까요?"

"……프리실라, 들어와."

"실례합니다."

들어온 것은 메이드였다. 군청색 머리는 땋아서 뒤로 모아 정리했다. 눈은 푸른 기가 도는 보라색이었으며, 눈꼬리가 살짝 올라가 있었다.

행동거지는 매우 자연스러웠고, 잘 관리된 표정에서는 감정을 간단히 읽을 수 없었다. 그린 듯이 훌륭한 메이드였다.

이 아이가 바로 샤르네와 함께 현지에 데려갈 예정인 메이드, 프리실라 소서러였다. 별궁에 추가된 인원 중 한 명으로, 이번에 일리아가 내 전속으로 선출했다.

프리실라의 일솜씨는 동기 중에서도 독보적으로 우수하고, 내 일정 관리도 도와주고 있어서, 벌써 고개가 절로 숙여지는 상태였다.

그런 프리실라가 들고 있던 서류를 담담히 건넸다.

"아니스피아 전하께서 도시 건설 예정지에 체재하시는 것에 관한 목록입니다. 혹시 모르니 문제가 없는지 확인해 주세요."

"고마워, 이따가 훑어볼게."

"네. 개척지에서 생활하더라도 아니스피아 전하의 품위가 떨어지지 않도록 힘쓰겠습니다."

프리실라는 정중하게 인사하고서 그렇게 말했다. 이 모습만 보면 매우 유능한 사람 같은데 말이지. 실제로 다른 세 사람도 뭐가 문제냐는 얼굴로 나를 보고 있고…….

"프리실라에게는 정말로 도움을 많이 받고 있어. 고마워."

"당치도 않습니다. 만약 제 헌신을 좋게 평가해 주신다면

꼭 유필리아 여왕 폐하에게 말씀해 주시길. 그렇게 언젠가 저도 폐하를 곁에서 모실 수 있다면 영광입니다."

"응응? 응……? 응응?"

"음? 왜 그러십니까? 가크 님."

"아니…… 그, 아니스 님을 모시면서 그렇게 거리낌 없이 말하는 건 좀 그렇지 않나 싶은데……."

"그럼 묻겠습니다만, 본심을 숨기고서 아부하는 종자를 믿을 수 있을까요?"

"아니, 그건 그렇지만, 겉치레라든가……? 어라……? 내가 이상한가……?"

"이게 제가 충성을 보이는 나름의 방식이고, 미리 허락은 받았습니다."

프리실라의 대답을 들은 갓군이 나를 힐끔 보았다. 나블 군과 하르피스도 비슷한 시선을 보냈다.

맞춘 듯 똑같은 반응에 나는 쓴웃음을 지으며 긍정했다.

"나도 오히려 이렇게까지 확실히 말해주면 신용이 갈 것 같아서……."

"저는 유필리아 여왕 폐하에게 충성을 맹세했습니다. 그러니 폐하께서 아니스피아 전하를 모시라고 하신다면 성심성의껏 마음을 다해 모실 따름입니다."

"아아, 응…… 어디까지나 유필리아 여왕 폐하에 대한 충성이구나……?"

"여왕 폐하는 훌륭하신 분이니까요. 이 프리실라 소서러, 몸도 마음도 폐하께 바치고 싶습니다. 그렇기에 아니스피아 전하와 친하게 지내고 싶다는 흑심도 있습니다."

"진짜 아무것도 안 숨기는구나?!"

"맞지? 오히려 의심하는 게 바보 같아지지?"

그렇기에 채용했고, 반대로 이런 이유로 유피 곁에 두는 건 문제가 될 것 같아서 내 시중을 들게 되었다.

나도 아직 다른 사람이 내게 충성하는 것에 익숙하지 않았다. 그렇기에 유피에게 충성심이 있고, 유피와 가까워지고 싶으니 내게도 성실히 대응한다고 공언하는 프리실라를 보면 안심이 됐다.

실제로 일은 잘하고 아주 유능했다. 집안이 백작가인 모양이라 예의범절 면으로도 믿음직했다. 내게 부족한 부분을 보완해 주는 유용한 인재였다.

성격과 태도에 조금 난점이 있지만, 충분히 묵과할 수 있었다.

"뭐, 앞으로 얼굴 볼 일이 늘어날 테니까 친하게 지내 줘."

"여러분, 아무쪼록 잘 부탁드립니다."

무슨 표정을 지으면 좋을지 모르겠다는 듯한 세 사람을 향해, 프리실라는 한결같은 모습으로 정중하게 인사했다.

* * *

"……곧 있으면 떠나는 건가."

밤이 되어 방에서 하늘을 올려다보며 나는 툭 중얼거렸다.

마학 도시 건설 예정지로 가는 날이 다가오고 있음을 하루하루 강하게 실감했다.

서류 확인이 늘어난 것도, 내가 이곳을 떠나기 전에 정리해 둬야 할 안건들이 있기 때문이었다.

에어드라를 가져갈 거라서 휴일에는 왕도에 돌아오겠지만…….

그렇게 기분이 묘했기 때문일까. 나는 방을 나가 공방으로 향했다.

요즘은 바빠서 공방에 들어가는 일도 줄었다. 그래도 일리아가 확실하게 청소해 줘서 먼지도 없고 깨끗하게 정돈되어 있었다.

"……뭔가 위화감이 드네."

여기서 얼마나 많은 밤을 새우고, 자료와 물건을 어질러놔서 일리아에게 혼났던가.

실패를 반복하면서도 마법을 추구하며 매진했던 나날이 떠올랐다.

"그때는 별궁에 일리아밖에 없었는데……."

원래부터 별궁에는 사람이 별로 찾아오지 않았지만, 특히

이 공방에는 철저히 일리아와 티르티만 들였었다. 이곳에서의 기억은 대부분 혼자 보낸 것이었다.

그랬는데 지금은 어떤가. 유피가 왕이 되며 상황이 달라져서 별궁에도 많은 사람이 들어오게 되었다.

좋은 변화라고 생각한다. 하지만 달라져 버린 것이 싱숭생숭했다.

"혼자여도 상관없다고, 이해받을 일은 없을 거라면서, 지금 생각해 보면 나도 참 삐딱했어."

나는 모두와 다르다. 아무리 이해해 달라고 해도 받아들여지지 않을 거다. 그렇다면 차라리 이해 따위 바라지 않겠다. 그렇게 그저 나 자신을 위해 마법을 추구했다.

그러지 않으면, 벗어날 수 없는 굴레에 숨이 막힐 것 같았으니까.

"일리아도 있었고, 아바마마와 어마마마도 자유를 허락해 주셨는데 말이야."

돌이켜 보면 나 자신을 누구보다도 받아들이지 않았던 건 나였던 것 같다.

마법을 동경하는데 마법을 쓰지 못하는 나. 그래서 필사적으로 마법을 추구했다.

그리고 결과를 내야만 했다. 그러지 않으면 용납되지 않았다. 세상에서 가장, 나 자신이 누구보다도 용납할 수 없었다. 나 자신도 자각하지 못할 만큼 그런 생각에 매몰되어 있었다.

지금은 어떨까. 적어도 과거에 느꼈던 아픔과 고통은 이제 전부 먼 기억 같았다.

"모두가 나를 채워 준 거지……. 그래서 그런 일도 있었다며 돌아볼 수 있는 거야."

힘들다는 생각은 안 했었다. 힘들다고 생각하지 않으려 했던 것임을 나중에 깨닫게 됐지만. 이것도 과거를 돌아보게 되면서 가능해진 거겠지.

그렇기에 생각한다. 내 노력은 결코 헛되지 않았다. 쌓아 올린 추억이 지금의 나를 만들었다. 그런 실감이 들었다.

그렇게 감상에 빠져 있으니 공방 문이 열렸다. 퍼뜩 놀라서 그쪽을 보았다.

유피가 잠옷 차림으로 서 있었다.

"아니스, 여기 있었군요."

"유피?"

"방에 없길래요. 여기 있다고 해서 왔어요."

유피는 공방에 들어와 내 옆에 섰다. 그리고서 내 손을 잡고 깍지를 꼈기에 나도 슬며시 맞잡았다.

우리는 서로의 얼굴을 마주 보았고, 누가 먼저랄 것도 없이 함께 웃었다.

"좀 감상적인 기분이 들어서."

"곧 있으면 마학 도시 건설에 본격적으로 착수하기 때문인가요?"

"왕도를 떠나게 되니까."

"……그렇죠."

유피가 손에 힘을 주면서 우리의 손이 더욱 얽혀들었다. 말은 없었지만, 떨어지고 싶지 않다고 말하는 것과 같았다.

"쓸쓸해?"

"아니스는 어떤데요?"

"감상적인 기분이 들 정도로는?"

"좀 더 솔직하게 말해 주세요."

"그건 유피한테도 할 수 있는 말이지 않을까?"

"……쓸쓸해요."

유피는 내게 살짝 기대듯 어깨를 맡겼다.

단둘이 이야기 나누는 밤을 수없이 보냈다. 내게도 유피에게도 힐링되는 시간이었다.

나 대신 왕이 되기로 결심하고, 정말로 정점에 올라 버린 사람.

"……왠지 떠올리게 되네."

"뭘요?"

"유피가 별궁에 오게 됐던 약혼 파기를. 유피를 데리고 나갔던 그날을 왠지 반추하게 돼."

그날 이후로 우리의 운명은 하나로 묶인 걸지도 모른다.

유피의 약혼 파기 현장에 우연히 뛰어들었을 때는 이런 관계가 될 줄 상상도 못 했었다. 내가 나아가는 미래에 유피가 함께해 줄 거라고는. 그렇게 생각하니 자연스럽게 웃음이 났다.

"아니스?"

"아니, 좀 웃겨서. 설마 이렇게 유피를 좋아하게 될 줄은 몰랐어."

"……원래부터 저를 좋아하셨잖아요?"

"아주 자신만만하게 말하네?"

"아니스 덕분이죠."

유피가 온화하게 웃으며 그렇게 말했다. 나도 그 말을 부정하지 않았다.

유피에게는 내가 갈망하는 마법 재능이 있었다.

내게는 누구보다도 먼 사람이었고, 속절없이 동경하며, 시샘하고 미워하기도 했다.

그런 유피가 내 곁에 있다. 몇 번을 생각해도 신기한 운명이다. 정말로 과분할 정도의 행운이다.

"확실히 유피가 자신감을 가질 만큼 너를 좋아해."

진심에서 우러나온 말이었다. 좋아한다고 말하면 가슴속에 있는 마음이 윤곽을 얻듯 확실하게 떠오른다.

유피와 함께 있는 시간이 좋다. 이제 놓을 수 없을 만큼. 그래서 유피와 떨어지게 되는 건 괴로웠다. 그 순간이 다가오니 실감이 들었다.

"아니스."

"응? 왜? 유피."

"……가지 말라고 하면, 곤란할까요?"

유피가 나직이 중얼거렸다. 몸을 붙이자, 내 어깨에 내려와 있던 유피의 머리카락이 중력을 따라 스르르 떨어졌다.

확인할 것도 없이 쓸쓸해 보였고, 불안해서 어리광 부리는 듯한 목소리에 마음이 심란해지려고 했다. 이 충동적인 생각에 몸을 맡길 수 있다면 얼마나 편할까.

그런 마음을 얼버무리듯이, 나는 다가붙은 유피의 몸을 가볍게 밀어내고 입술을 빼앗듯 키스했다.

갑작스러운 키스에 유피는 눈을 끔뻑이며 나를 바라보았다.

"미안, 유피가 귀여워서 나도 모르게."

"……어물쩍 넘기려는 건가요? 아니면 위로?"

"어물쩍 넘기다니, 나는 그렇게 비겁하지 않아. 제대로 마음을 담아서 했어."

"비겁한 거 맞잖아요. 제 마음을 그렇게 농락하는 건가요?"

"먼저 농락한 사람은 유피인걸!"

"사실무근의 트집이네요."

"확신범이잖아?"

서로의 얼굴을 마주 보고, 참지 못하고 함께 웃었다.

쓸쓸하지만, 괴롭지만, 같은 마음임을 확인할 수 있는 것만으로도 이렇게나 웃음이 난다. 정말로 마음이란 건 뜻대로 되지 않는다.

"괜찮지 않아. 그래서 추억에 잠기고 감상에 빠져 있는 거야. 하지만 유피도 같은 마음이라고 생각하니 기쁘고 안심이 됐어."

"……그러네요."

둘 다 불안한 건 똑같다. 별궁에서 함께 지내게 된 뒤로 이렇게 오래 떨어지는 일은 거의 없었으니까.

그래도 우리는 이 나라를 바꿔서 원하는 미래를 만들어 나가기로 했다. 선택했으니 책임을 다해야 한다.

그렇게 생각하는데, 역시 유피와 떨어지기 싫다고 마음이 탄식했다. 아무리 결론을 내려도 회한이 멈추지 않았다.

"쓸쓸하고 괴로워. 떨어지기 싫어."

"……네."

"하지만 이게 내 꿈이고, 유피가 원해 줬고, 이루기로 한 일이니까."

"이제 아니스만의 꿈이 아니에요. 저도 진심으로 바라고 있어요. 그러니 서로 힘내요."

"……응."

"저는 국왕으로서 책무를 다하겠어요. 그리고 당신이 돌아올 장소가 되겠어요. 그러니까 자유롭게 날아 주세요. 당신의 꿈을 마음껏 좇아 주세요. 지치면 돌아와 주세요. 저는 언제나 아니스를 생각하고 있어요. 당신을 위한 일이라면 저는 얼마든지 힘낼 수 있어요."

……아아, 정말로. 유피는 너무 올곧다니까. 뺨이 뜨거워지잖아.

참을 수가 없어서 유피를 꽉 끌어안았다. 어깨에 얼굴을 묻고 유피의 존재를 온몸으로 느꼈다.

"……유피는 치사해."

"잘 모르겠는데요. 왜 치사하죠?"

"치사하니까. 정말 좋아해. 많이 좋아해. 유피가 너무 좋아."

"네. ……저도 아니스가 너무 좋아요."

유피를 끌어안은 팔의 힘을 풀고 유피와 마주 보았다. 자연스럽게 거리가 가까워지며 유피의 입술을 쪼듯이 키스했다.

한 번으로는 부족했다. 유피의 숨을 빼앗듯 몇 번이고 입을 맞췄다. 유피가 내 등을 끌어안으며 서로의 몸이 더 밀착했다.

한순간 같은 영원. 영원처럼 여겨지는 한순간. 어느 쪽으로도 말할 수 있는 시간이었다. 사랑스럽다는 마음이 샘솟아서 나는 유피를 꽉 껴안았다.

"힘들어지면 언제든 불러. 바로 달려올 테니까."

"네."

"완벽하게 있지 마. 약해져도 돼. 힘들어지면 기대."

"네."

"사랑해. 이 세상에서 가장, 누구보다도 유피를 사랑해."

"저도요. 당신을 사랑해요. 이 세상 무엇보다도 당신을."

유피의 고동 소리가 들렸다. 유피의 숨결이 느껴졌다. 놓고 싶지 않은 이 온기를 나는 쭉 기억할 것이다.

날이 밝으려면 멀었다. 밤은 기니까, 아직 이 사랑스러운 온기에 빠져 있고 싶다.

* * *

그렇게 시간이 흘러, 마침내 내가 마학 도시 건설 예정지에 가는 날이 되었다.

"아니스피아 전하, 짐의 최종 확인이 끝났습니다."

출발 예정 시각이 다가오는 가운데, 쾌청한 하늘을 올려다보고 있던 나에게 프리실라가 말했다.

프리실라 옆에는 함께 최종 확인을 한 샤르네가 있었다. 나는 두 사람을 향해 웃으며 고맙다고 인사했다.

"프리실라, 샤르네, 고마워. 수고했어."

"황송합니다. 그럼 저는 인사하고 오겠습니다."

"다, 다녀오겠습니다!"

"후후, 다녀와."

샤르네의 풋풋한 모습을 보니 자연스럽게 웃음이 났다. 그렇게 두 사람을 보내고서 나는 슬쩍 한숨을 쉬었다.

그러자 이번에는 나블 군과 갓군이 다가왔다.

"나블 군, 갓군, 수고 많아. 호위 계획 논의는 괜찮았어?"

"네, 문제없습니다."

"나블 님이 제대로 주도해 주셨으니 맡겨 주시면 됩니다!"

"……가크, 너도 슬슬 입장에 걸맞게 행동해 줬으면 한다만."

"아하하하…… 인사는 안 하고 와도 돼?"

"이미 끝냈으니 괜찮습니다!"

"네. 언제든 출발할 수 있습니다."

"그렇구나. 그럼 다행이고."

"준비는 다 된 것 같구나, 아니스."

"아바마마! 어마마마!"

나블 군, 갓군과 이야기하고 있으니 아바마마와 어마마마가 왔다. 나블 군과 갓군은 곧장 자세를 바로 하고 아바마마와 어마마마에게 인사했다.

"선왕 폐하와 태후 전하께 인사 올립니다."

"딱딱하게 예의 차리지 않아도 된다. 거창하게 떠나는 자리도 아니니."

아바마마는 그런 두 사람에게 편히 있으라며 가볍게 손을 들었다.

나블 군과 갓군의 자세가 편해지자, 아바마마는 지그시 나를 바라보았다. 시선을 받고 있자니 묘하게 불편해서 행동이 어색해졌다.

"저기, 아바마마……."

"……아니스, 네가 별궁을 떠나는 날이 오다니 감개무량하구나."

"예?"

나직이 중얼거린 후, 아바마마는 먼 곳을 바라보듯 시선을 하늘로 돌렸다. 그런 아바마마의 말에 나는 얼떨떨해하다가 이내 쓴웃음을 지었다.

"휴일에는 돌아오겠지만 말이죠. 하지만 감개무량한 마음은 알 것 같아요. 제가 별궁을 떠나게 된다면 그건 이 나라에 있을 곳이 없어졌을 때일 거라고 생각했으니까요."

"그런 말 마라. 이제 너는 이 나라에 없어서는 안 될 존재가 됐으니까."

"맞아요! 아니스! 이 나라에 없어서는 안 되는 사람이라는 자각을 가지고, 이제 자신의 행동이 타인에게 어떻게 보일지 의식하도록 해요. 예전처럼 망나니같이 굴어서는 안 돼요……!"

"으, 으으……! 어마마마, 출발 직전까지 설교하는 건 참아 주세요……!"

"맞아, 실피느. 오늘만큼은 설교하는 게 아니라 순순히 배웅해 주자고. 걱정되는 건 이해하지만, 조금은 풀어 주는 게 어때?"

"……정말! 오르펀스, 당신은 아니스를 너무 오냐오냐해요!"

"쿨럭! 허, 허리를 강타하지 마!"

평소처럼 엄격한 얼굴로 내게 말하는 어마마마를 웬일로

아바마마가 나무랐다. 그러자 어마마마가 얼굴을 붉히고서 아바마마의 허리를 퍽 쳤다.

눈을 동그랗게 뜨고 있으니, 어마마마가 마음을 추스르듯 헛기침했다. 귀는 여전히 빨갰지만.

"……모, 몸조심해요, 아니스. 휴일에 돌아오면 우리한테도 얼굴을 보여 주고."

"네, 어마마마! 감사합니다!"

"꺄악?! 아, 아니스?!"

어색하게 말하는 어마마마가 귀여워서 무심코 끌어안고 말았다.

어마마마가 귀여운 목소리를 냈는데, 이렇게 보니 나이를 먹어도 참 귀여운 사람이었다.

"아니스……! 노, 놓으세요……!"

"……어마마마, 항상 걱정 끼쳐서 죄송해요. 하지만 앞으로는 괜찮아요."

"……아니스?"

"주변 사람들과 잘 얘기하고 잘 생각하며 살 거예요. 삶을 서두르지 않을 거예요. 반드시 돌아올게요. 저의 소중한 사람이 여기 있어요. 물론 어마마마도 소중한 사람이에요."

"읏, 아…… 알겠어요, 알겠으니까……! 그러니까 놓으세요……!"

어마마마는 새빨개진 얼굴로 약하게 내 몸을 밀었다. 근데 이 어마마마 진짜 귀엽다.

마지막으로 한 번 더 꽉 끌어안고 어마마마를 놓아주자, 어떤 표정을 지으면 좋을지 모르겠다는 듯 어마마마가 눈을 굴렸다.

얌전해진 어마마마에게서 아바마마에게로 시선을 돌리니, 아바마마는 온화하게 웃으며 우리를 지켜보고 있었다.

"내가 더 할 말은 없다. 수고해라, 아니스."

"네. 아바마마도 건강하세요. 아바마마가 보내 주실 연구 보고도 기대하고 있어요."

내가 그렇게 대답하자 아바마마는 내 머리를 쓰다듬었다. 그거면 충분하다는 것처럼.

나도 새삼 아바마마에게 뭔가 전하고 싶은 말은 없었다. 딱히 영영 헤어지는 것도 아니다. 그저 조금 거리가 멀어질 뿐.

"아니스."

"유피."

이번에는 유피가 레이니와 일리아를 데리고서 왔다.

우리는 서로의 이름을 부른 후 손을 맞잡고 이마를 맞댔다.

유피는 그것만으로도 만족했다는 듯 몸을 뗐다. 해야 할 이야기는 출발 전에 다 했기 때문에 이 이상의 말은 필요 없었다.

"맞다, 유피. 손 내밀어 봐."

"……네?"

나는 유피가 내민 손에 살며시 어떤 물건을 올렸다.

유피의 손에 올려진 그것을 보고, 옆에 시립해 있던 일리아가 눈을 동그랗게 떴다.

"아니스피아 님, 그건……."

"응. 내 공방 열쇠. 나랑 일리아만 가지고 있는 열쇠야."

"……이걸 저에게?"

"유피가 가지고 있었으면 좋겠어. 그곳은 내 인생의 대부분이 담겨 있는 추억의 장소니까. 맡아 줬으면 해. 내가 돌아올 때까지."

유피는 건네받은 공방 열쇠를 지그시 바라보다가 빙그레 웃었다.

그리고 작게 고개를 끄덕이고서 양손으로 열쇠를 꽉 움켜잡았다. 그 후 나를 바라보며 입을 열었다.

"아니스의 열쇠, 확실히 맡았어요."

"응. 곧 출발할 시간이네. 슬슬 갈게."

"네. 조심해요."

유피는 조금 아쉬워하며 한 걸음 물러났다. 유피가 한 걸음 물러나면서 나란히 서게 된 일리아가 멍하니 나를 보고 있었다.

"……일리아? 왜 그래?"

"……아, 아뇨. 아무것도 아닙니다."

"아무것도 아닌 얼굴이 아닌데? 뭐야? 왜 그러는데?"

"……아니스피아 님이, 공방 열쇠를 넘기신 것에 놀랐을 뿐입니다."

일리아는 시선을 내리고 슬쩍 가슴 부근을 쓸어내렸다. 일리아는 보통 끈에 단 공방 열쇠를 목에 걸고 있다는 것이 생각났다.

일리아는 별궁의 열쇠를 특별한 관계의 표식처럼 여겼을지도 모르겠다. 그렇다면 내가 별궁 열쇠를 유피에게 맡긴 것은 조금 충격적이었을 것이다.

그렇게 생각하자 일리아에게 꼭 전하고 싶은 말이 떠올랐다.

"일리아."

"네, 말씀하십시오."

"행복해져야 해. 지금까지 따라와 줘서 정말 고마워."

너는 나에게 가장 가까운 사람이자 언니처럼 느꼈던 아군이었다.

하지만 우리는 변화를 맞이했고, 서로 소중한 사람도 찾았다. 그리고 멀리 떨어진 곳에서 각자의 역할을 다하게 된다.

몇 년 전의 나에게 말해도 안 믿을 것 같다. 특히 일리아는 더 안 믿을 거다. 하지만 그게 한없이 행복한 일이라는 생각이 든다.

그렇게 생각하고 있으니, 일리아의 눈에서 눈물이 또르르 흘러내렸다.

"어?! 이, 일리아?! 왜 울어?!"

"……예? 아, 눈물이……."

일리아 자신도 깜짝 놀랐는지 손으로 뺨을 쓸어 눈물을 닦았다.

그리고서 눈을 꾹 감았다. 크게 심호흡하듯 숨을 고른 일리아는 매우 온화한 미소를 지었다.

"아니스피아 님, 오늘까지 곁에 있을 수 있어서 정말 행복했습니다."

"……딱히 영영 헤어지는 건 아니잖아?"

"그래도 말씀드리고 싶었습니다. 샤르네와 프리실라에게 너무 억지를 부리시면 안 됩니다."

"알고 있어."

"무리하지 마시고요."

"알고 있다니까."

평소처럼 말을 주고받았다. 하지만 달라지지 않은 채로 있을 수는 없다.

일순 망설이듯 손을 뺐던 일리아가 다시 조심조심 손을 뻗었다.

그 손을 거부하지 않고 가만히 있으니, 일리아가 내 몸을 살며시 껴안았다. 나도 손을 뻗어 마주 안았다.

"……쓸쓸해지겠군요."

"……응. 하지만 잠시 헤어지는 거야. 또 금방 만날 수 있어."

"그래도, 일단락되는 구간입니다."

"응. 앞으로는 서로의 인생을 각자 힘내자."

"네. 그러니 저는 여기서 기다리겠습니다. 당신께서 돌아오시기를, 쭉."

일리아의 목소리는 아주 다정했고 감정이 겉에 드러나 있었다. 예전의 일리아를 아는 자로서 정말 달라졌다는 생각이 들었다. 그 변화가 무엇보다 기뻤다.

그렇게 일리아와 포옹하고 있으니, 조금 어수선한 모습으로 레이니가 달려왔다. 그걸 본 일리아가 재빨리 내 몸을 떼어 냈다.

너무 빨라서 한순간 멍해지고 말았다. 일리아는 아무 일도 없었던 것처럼 천연덕스러운 표정을 짓고 있었다.

황당해서 한숨을 쉬고 있으니 레이니가 말을 걸어왔다.

"아니스 님, 부디 조심하세요. 아버지에게도 안부 전해 주세요."

"알았어. 레이니도 유피랑 일리아를 부탁할게."

"네, 맡겨 주세요."

소중한 사람들과 작별 인사는 끝냈다. 금방 돌아올 거라고 생각하면서도 기대와 불안으로 가슴이 떨렸다. 그 마음이 넘치지 않도록 가슴을 쓸어내리고서 나는 고개를 들었다.

"그럼 출발할까!"

향하는 곳은 신천지. 아직 실현 도중인 이상을 이루기 위해, 나는 여행을 떠난다.

쾌청한 하늘에서 자유로이 나는 새의 울음소리가 들린 것 같았다.

5장 신천지로

마차 창문으로 경치가 흘러가듯 지나갔다. 하지만 그 변화는 느려서 보고 있자니 점점 질렸다.

"심심해……."

"다음 휴식까지는 아직 시간이 있습니다."

"그건 나도 알아~."

무심코 중얼거리자 프리실라가 성실하게 대답해 줬다. 휴식 시간이 되려면 멀었다는 건 알고 있었지만, 말로 들으니 역시 기운이 빠졌다.

"어, 으음…… 뭔가 얘기라도 할까요?"

신경 쓰였는지 샤르네가 제안했다. 작은 동물 같은 사랑스러운 모습에 마음이 누그러지는 걸 느끼며, 시간이 남아도는 상황을 바꿀 수 있다면 좋다는 생각에 받아들이기로 했다.

"그럼 서로 궁금한 걸 물어보기로 할까. 샤르네는 영지에서 만났기에 알고 있지만, 프리실라에 관해서는 아는 게 별로 없으니까."

"제 얘기를 듣고 싶으신 겁니까?"

"개인적인 얘기는 별로 한 적이 없었잖아?"

뭐, 프리실라가 유피에 대한 경애 일변도라 거리감을 재기 어려워서 그런 거지만. 왜 그렇게까지 유피를 경애하는지 궁금하긴 했다.

"그렇죠…… 뭐부터 얘기하면 좋을까요?"

"프리실라의 가족은? 소서러 백작가는 어떤 집안이야?"

"서부에 영지가 있는 평범한 백작가입니다. 특별히 잘나지도 못나지도 않은, 얘기할 것도 없는 시시한 집안입니다."

"오, 오오……?"

꽤 신랄하게 말하는 것 같은데, 혹시 프리실라는 자기 집안을 싫어하는 걸까?

그렇게 생각하며 프리실라의 모습을 살피고 있으니 프리실라가 미소 지었다. 웃고 있을 테지만 무서운 종류의 미소였다.

"무슨 생각을 하시는지 훤히 보이는군요. 저는 그저 집안에 애착이 없을 뿐, 싫어하지는 않습니다."

"남의 마음을 읽지 말아 줘……."

"아니스피아 전하는 알기 쉬워서 사교계 화술은 못 쓰시겠습니다."

"으으, 그건 내가 제일 잘 아니까 새삼 지적하지 마."

정치질이라든가 사교 같은 건 진짜 취약이다. 피할 수 있다면 피하고 싶다.

"그럼 하던 얘기로 돌아가죠. 저희 집안도 그런대로 복잡한 사정이 있습니다."

"어느 집안이나 이런저런 사정이 있을 것 같은데……."

"그래서 혈연상의 아비는 비참하게 죽었으면 좋겠다고 생각합니다."

"갑자기 얘기가 비약했고 과격해졌네?! 그건 싫어하는 거 아니야?!"

정말 이 아이는 종잡을 수가 없다! 그런 생각에 게슴츠레한 눈으로 쳐다봤지만, 프리실라는 아무 일도 없었던 것처럼 이야기를 계속했다.

"그렇죠. 유필리아 여왕 폐하께서 훌륭한 솜씨로 부친을 가주 자리에서 끌어내려 주셨기에, 꼴좋다고 생각할 정도로는 싫어합니다."

"엄청나게 싫어하잖아……."

프리실라는 미소 지은 채 담담히 말했는데 그게 오히려 무서웠다. 싸늘한 냉기가 마차를 삼킬 것 같았다.

"어, 으음…… 아버님과 무슨 일이 있었던 건가요……?"

프리실라가 냉기를 풀풀 풍기는 가운데, 샤르네가 파들거리면서도 물었다.

그러자 프리실라는 작게 한숨을 쉬었다. 그대로 창밖을 보며 툭 중얼거렸다.

"저는 서자입니다."

"아…… 그, 그랬구나."

"네. 어머니를 임신시켜 저를 낳게 했으면서 저에게 관심도 없어서, 메이드로 일해도 친딸인 줄 몰라보는 남자였기에 정이 싹 떨어졌습니다."

우와, 하고 나도 모르게 소리를 내고 말았다. 샤르네는 너무 쓰레기 같은 얘기를 들은 탓에 완전히 굳어 버렸다.

하지만 슬프게도 그런 귀족이 꽤 있단 말이지. 프리실라도 그런 불행을 맛본 피해자인가.

유피가 강기숙정에 힘을 준 것도 이런 사례가 있기 때문이었다. 이런 일이 버젓이 자행되면 귀족과 평민 사이에 골을 만드는 원인이 된다.

"다행히 차기 가주인 이복 오빠는 제대로 된 사람이었기에, 아버지라고 부르기도 망설여지는 그 남자가 실각함과 동시에 가주 자리를 뺏고 저에게 영애 지위를 보장해 줬습니다."

"그랬구나……. 오빠가 제대로 된 사람이라 다행이네."

"네. 정말 좋은 사람입니다. 보러 오지도 않으면서 불상사가 들통날까 봐 밖에 못 나가도록 가둬 놓고, 그 딸이 메이드로 일해도 전혀 눈치채지 못하는 부친과 비교하면 말이죠."

"……솔직히 말해서 그 부친은 쓰레기야."

"견해가 일치하여 대단히 기쁩니다."

부모를 반면교사로 삼았기 때문인지, 아니면 원래부터 가지고 있는 소질인지 모르겠지만, 프리실라의 사정을 들어 보니 아군이 되어 주는 사람이 있었던 건 구원이었다.

부친에 관해 애기할 때는 냉기를 풍기던 프리실라가 오빠 얘기를 할 때는 분위기가 조금 따뜻해진 것처럼 보이기도 했다.

샤르네가 이상하다는 듯 고개를 갸웃하며 물었다.

"어라? 그러면 왜 별궁의 메이드에 지원하신 거예요?"

"오빠는 저를 동생으로서 정식으로 맞이하려고 했지만, 이제 와서 귀족 영애로 사는 것보다는 저희 집안의 상황을 일변시킨 구원자이신 유필리아 여왕 폐하에게 충성을 바치고자 하여 지금에 이르렀습니다."

"그래서 유피를 그렇게나 경애하는 건가……."

즉, 프리실라에게 유피는 구세주 같은 거다.

그렇다면 유피에게 충성심이 드는 건 당연한 흐름인 것 같지만…….

"그리고 제 어머니는 평민인지라 고생을 많이 하셨거든요. 평민의 지위를 올리고자 하는 아니스피아 전하도 덤으로 경애하고 있습니다."

"덤으로?! 방금 덤이라고 했지?!"

"역시 저의 미적 감각과 신앙심에 비추어 볼 때 유필리아 님이 한발 앞서고 계신지라. 하지만 유필리아 님의 마음에 들려면 아니스피아 전하의 호감도도 중요하다고 생각하므로 마음을 담아 모시려고 합니다. 부디 오래오래 곁에 둬 주시길."

"응. 그렇게 말하며 친하게 지내자고 해도 반응하기 곤란하거든?"

나보다 유피가 취향이고, 유피의 마음에 들고 싶으니 나와 친하게 지내겠다고 대놓고 말하는 상대에게 어떤 표정을 지으면 좋을까.

나고 자란 환경이 특수해서 이렇게 뻔뻔한 성격이 되어 버린 걸까. 반대로 비교적 멀쩡해 보이는 오빠가 어떤 사람인지 궁금해진다…….

"본심을 숨기지 않음으로써 신뢰를 얻고자 하는 저의 얄팍한 술수입니다."

"프리실라는 얼굴에 철판 깔기를 특기라고 해도 될 것 같아……."

"칭찬해 주시니 성은이 망극합니다."

"칭찬한 거 아니야. 칭찬 아니야."

프리실라는 일리아와 비슷한 것 같으면서도 반응하기 곤란한 언동을 보인단 말이지.

악의도 안 느껴지고, 언동만 묵과하면 비서로서 매우 우수하다. 개성이 강한 아이다 싶어서 무심코 한숨을 쉬고 말았다.

"모처럼 얘기가 나왔으니 저도 질문해도 될까요?"

"나한테?"

"네. 어떻게 하면 유필리아 여왕 폐하의 마음에 들 수 있을지 가르쳐 주셨으면 합니다."

"……유피는 성실하게 일하는 사람을 좋아해."

"그러면 마음을 담아 성실하게 아니스피아 전하를 보좌하겠습니다. 이것도 유필리아 여왕 폐하에게 다가가는 첫걸음이죠."

"아아, 응, 그렇지…… 힘내."

"샤르네는 아니스피아 전하에게 뭔가 질문할 것 없습니까?"

"넵?! 지, 질문이요?! 저, 저는 딱히……!"

"음? 그럼 안 되죠. 그런 소극적인 태도로는 아니스피아 전하의 마음을 거머쥐기 어렵습니다. 이분은 소탈해 보이지만 마음의 벽이 높으니, 이쪽도 조금 허물없는 태도를 보여서 경계를 푸는 게 효과적인 공략법이니까요."

"본인이 앞에 있는데 공략법이니 뭐니 하면 안 되지 않을까?"

"큭…… 불찰입니다……!"

"전혀 그런 표정이 아닌데……."

"……풋, 아하하하하! 프리실라 씨는 별난 사람이네요!"

긴장이 풀렸는지 샤르네가 참을 수 없다는 듯 웃었다.

그런 샤르네를 프리실라가 온화한 눈으로 보고 있다는 걸 알아차렸다. 내 시선을 눈치챈 프리실라와 눈이 마주쳤는데, 프리실라는 살며시 검지를 입가에 대고서 윙크하듯 한쪽 눈을 감았다.

어쩌면 프리실라는 나를 놀린 게 아니라 샤르네의 긴장을 풀기 위해 그런 걸지도 모르겠다.

배려하는 방식은 이상하지만, 만약 정말로 그렇다면 프리실라 나름대로 주위 사람들을 신경 쓰고 있는 것 아닐까.

왠지 미워할 수 없어서 나도 미소 짓고 말았다. 일리아가 뽑아 준 두 사람은 역시 좋은 애들이다. 왕도에 돌아가면 일리아도 치하해 줘야지.

지루한 마차 이동도 두 사람과 대화하니 즐겁게 보낼 수 있었다.

* * *

"음~! 도착했다~!"

"전하, 경망스럽습니다."

"마차 이동이 길어서 몸이 굳어 버렸단 말이야. 이 정도는 넘어가 줘."

"보는 눈이 있으니 안 됩니다."

"예예, 알겠습니다요~."

마차를 타고 마침내 도착한 신도시 건설 예정지에서 나는 찌뿌둥한 몸을 쭉 뻗어 기지개를 켰다. 그러자 마차에 동승해 있던 프리실라가 주의를 줬다.

대충 대답하고서 신도시 건설이 진행 중인 광경을 바라보았다.

건설 예정지는 커다란 강 옆에 완만한 언덕이 있었다. 그

언덕에 돌을 쌓아 벽을 만들고 있었다.

그 벽은 현재 진행형으로 증축되고 있었다. 그걸 가능케 하는 것이 마법이었다.

"좋아! 토벽을 만들 테니까 일단 물러나!"

주위에 그렇게 알리고 잠시 후 토벽이 쑥 올라왔다. 그것이 점토처럼 가공되었다. 그렇게 만들어진 벽을 기초로 돌을 쌓아 올렸다.

사람들이 활기차게 작업하는 광경을 보며, 나는 호위하기 위해 근처에 서 있는 나블 군에게 말했다.

"나블 군, 저 사람들이 선발대로 보낸 기사단 사람들이지?"

"맞습니다. 주거지와 벽 건설, 그리고 주변 경계와 마물 솎아 내기 담당으로 조를 나눠 작업하고 있을 겁니다."

"벌써 이렇게나 벽을 만들었다니 놀랍네."

"교사가 되었던 마법부 사람에게 합격을 받은 자들을 보냈으니까요. 마법으로 건축을 진행하면 단기간에 이 정도 성과를 낼 수 있다고 증명한 것과 같습니다."

"왕도에 돌아가면 랑그한테도 고맙다고 해야겠어."

나도 마법 지식량이라면 자신 있지만, 실사용이나 교육 등은 마법부에 미치지 못한다. 건축에 마법을 쓰는 것에 많은 이가 당혹스러워했으나, 이 성과를 보고하면 생각이 바뀌는 사람도 나오지 않을까.

그런 느낌을 받고 있는데 멀리서 우리 쪽으로 오는 사람이 보였다.

기사복을 입은 시안 남작이었다.

"아니스피아 단장님, 여기까지 오시느라 고생 많으셨습니다. 도착하시길 기다리고 있었습니다."

"시안 남작……이 아니라 드래거스 부단장. 수고가 많아."

서로 기사의 예를 취하며 마주 보고, 누가 먼저랄 것도 없이 웃음을 터뜨렸다.

아직 익숙하지 않은 호칭과 입장이 당황스러운 건 둘 다 마찬가지인 것 같았다.

"솔직히 부단장이라고 불리는 건 팔자에 없는 과분한 일입니다만……."

"그건 피차일반이야. 앞으로 차차 익숙해지자. 그럼 바로 현장의 상황을 확인하고 싶은데."

"그 전에 잠시 쉬시지요. 해가 저물면 주변을 정찰하러 간 자들도 돌아올 테니, 저녁 식사 후에 자세히 말씀드리겠습니다. 우선은 거점으로 안내하겠습니다."

우리는 드래거스 부단장의 안내를 받아 이동했다. 그렇게 간 곳에 투박한 성채가 있었고, 안으로 들어가게 되었다.

외관의 이미지와 다르게 인테리어는 살풍경했지만, 이제 막 개척하기 시작한 걸 생각하면 충분히 호화로운 성채였다. 내부를 관찰하며 이동해 도착한 곳은 비교적 큰 방이었다.

"이곳이 아니스피아 단장님의 방입니다. 왕족에게 이런 방을 내어 드리자니 송구스럽지만 용서해 주시길……."

"이제 막 개척을 시작했으니까 불평할 마음은 없어. 그리고 여기 있는 동안에는 왕족으로 행동할 마음도 없고. 부디 동료로 대해 줘."

"알겠습니다. 하지만 그래도 당신께서 저희의 단장이십니다. 그에 상응하는 대우를 받는 것은 납득해 주십시오."

드래거스 부단장은 쓴웃음을 지으며 그렇게 말했다. 이에 나도 쓴웃음을 지으며 알겠다는 듯 가볍게 손을 흔들었다.

"무슨 일이 있으면 말씀해 주십시오. 그럼 저녁 식사 시간이 되면 알려 드리겠습니다."

"고마워, 드래거스 부단장."

내가 감사를 표하자 드래거스 부단장은 정중하게 인사하고서 떠났다.

그 뒷모습을 바라보던 나는 함께 안내받은 프리실라와 샤르네에게 시선을 줬다.

"좋아. 그럼 짐을 정리할까."

"네. 이곳은 개척의 최전선이니 사치는 바랄 수 없지만, 그래도 아니스피아 전하가 지내시기에 걸맞은 방으로 만들어야겠죠."

"아니, 비바람만 막을 수 있다면 나는 상관없는데?"

"드래거스 부단장님도 말씀하셨지만, 아니스피아 전하가 신분에 걸맞은 대우를 받지 않으면 아랫사람들에게 모범이 되지 않습니다."

"으으, 알았으니까 잔소리하지 마……."

"이해해 주셔서 기쁩니다. 그럼 샤르네, 정리하죠."

"네!"

프리실라의 지시에 샤르네가 씩씩하게 대답하고서 짐을 풀기 시작했다.

그렇게 짐을 다 풀고 정리가 일단락되었을 무렵, 저녁 식사가 준비됐다고 해서 우리는 식당으로 이동했다.

식당에는 이미 드래거스 부단장이 와서 기다리고 있었고, 급사들이 의자를 빼 줬다.

"오래 기다리셨습니다. 충분한 식사와는 거리가 멀지만, 부디 드셔 주십시오."

"상관없어. 오히려 고기가 아주 충실한데?"

"마물은 넉넉하니까요. 일단 드시지요."

제공된 저녁 식사는 갈색이 매우 눈에 띄었다.

즉, 고기가 많았다. 수프에도 고기가 듬뿍 들어가 있어서, 몸이 자본인 기사들은 기뻐할 만한 메뉴이지 않을까 생각하며 식사했다.

"이건 마물 고기야?"

"네. 아무리 사냥해도 끝이 없을 만큼 매일 마물이 다가오는지라."

"그거 큰일이네. 개척은 순조로워? 뭔가 문제 같은 건 없어?"

"특별히 큰 문제는 없습니다. 기사들도 애써 주고 있으니까요. 오늘의 식사도 아니스피아 단장님이 오신다며 다들 의욕을 보인 성과입니다."

"그랬구나. 그럼 제대로 맛보며 먹어야겠네."

기사들의 후의라면 감사히 받아들여야지.

그렇게 생각하며 식사하고, 식후 차까지 즐기며 대화로 넘어갔다.

"그럼 드래거스 부단장, 개척의 진척 상황을 듣고 싶어."

"매우 순조롭습니다. 아까도 말씀드렸다시피 큰 문제는 없습니다. 다만 아무래도 처음인 일이 많아서, 앞으로 문제가 생길지도 모르고, 그걸 예측하는 것도 꽤 어렵습니다."

"새로운 일은 해 봐야 문제점을 알 수 있으니까. 진행 중인 작업에 관해 말해 줘."

"알겠습니다."

그 후 드래거스 부단장에게 개척의 진척 상황을 자세히 듣고 확인했다.

마물의 습격 빈도가 잦아서 기사들이 부대를 이뤄 주변을 순찰하며 마물을 솎아내고 있었다. 오늘 나온 고기는 그렇게 얻은 부산물이라고 했다.

도시를 만드는 마법사들도 의욕이 넘쳐서 예정보다 공정이 빠르게 진행 중이라는 희소식도 있었다. 사기가 매우 높고 현장 분위기가 좋다며 드래거스 부단장도 차분하게 이야기했다. 개척이 순조롭다는 확실한 증거였다.

"마도구 도입으로 개인의 전투력도 올랐고, 중상자가 생겨도 에어바이크를 이용해 인근 마을로 운반할 수 있다는 것은 큰 이점입니다."

"설령 중상이어도 처치가 빠를수록 생존할 확률은 올라가니까."

"네. 방어할 때는 건축을 진행 중인 마법사들의 도움도 얻을 수 있고, 만반의 체제라고 해도 과언은 아닐 겁니다."

"문제없이 진행되고 있다니 안심이지만, 그게 방심이 되지 않게 조심해야겠어. 정말 사소한 걱정거리라도 들어 두고 싶은데."

"그렇죠…… 제가 걱정하고 있는 건 기사들의 피로입니다. 장기간의 개척으로 기사들이 얼마나 피폐해지는가, 그에 따라 상황이 달라질 겁니다."

"피로인가……."

마법으로 성벽은 순조롭게 쌓고 있지만, 강이 가까운 만큼 마물의 습격 횟수는 아무래도 많아진다.

습격을 경계하다 보면 방어하는 기사는 기력을 소모한다. 아직 거점의 환경도 쾌적하지 않고, 드래거스 부단장이 염려하는 것도 당연했다.

"이건 거점이 정비되면 점차 개선될 겁니다. 또 다른 우려는, 아니스피아 전하가 걱정하신 대로 너무 순조로워서 해

이해지거나 방심하게 되는 것이죠."

"그건 윗사람으로서 순차적으로 기강을 다잡기로 하고, 지금 큰 문제가 없다면 그건 좋은 일이라며 여유를 가지는 것도 중요하지."

"네. 대비하면서도 너무 힘이 들어가지 않는 정도가 좋습니다."

"개척이 진행되면 오락거리도 갖추고 싶네요."

"식사도 고기는 걱정 없지만, 고기만 있는 것도 좀 그렇지."

"먹을 게 있는 건 다행이지만, 식사에 질려 버리면 고통이니까요……."

나블 군과 갓군도 의견을 내자 샤르네가 고개를 주억거렸다. 샤르네는 식량난을 한 번 겪은 적이 있으니 더 와닿았을 것이다.

"물자를 갖추려면 상회를 초대하는 게 좋겠지만, 수송 문제도 있으니 말이야."

"그렇다면 모험가 길드와도 협력하는 게 좋을 것 같습니다."

"아아, 상인들을 호위하자는 거구나. 그러면 경제도 돌아가겠어."

"주변 마을에 관한 정보는 자료로 정리해 뒀으니, 후일 계획을 세우는 게 좋겠습니다."

"고마워, 프리실라."

"아니스피아 단장님은 우수한 비서를 만나신 모양입니다.

저도 서류 작업은 고민거리라서 좋은 인재를 얻고 싶습니다.”

“앞으로 그런 인재도 늘려 나가고 싶네.”

“네. 그들이 안심하고 이 도시에서 일할 수 있도록 힘내기로 하죠.”

드래거스 부단장은 그렇게 말하고 씩 웃었다.

우리의 대화는 그런 온화한 분위기로 내내 이어졌다.

*　*　*

개척 거점에 도착하고 다음 날 아침. 나는 바로 현지를 시찰하기 위해 모두를 데리고서 밖으로 나갔다.

“오늘부터 바로 개척을 위해 움직일 거니까 힘내자!”

“네~!”

“오오~!”

내 호령에 샤르네가 씩씩한 목소리로, 갓군은 다소 힘 빠지는 목소리로 대답해 줬다. 그 옆에 나블 군과 프리실라가 점잖게 있어서 묘한 정취를 자아냈다.

“우선 샤르네랑 프리실라는 호위와 비서로서 동행해 줘.”

“네!”

“맡겨 주십시오.”

“나블 군과 갓군도 기본적으로 내 호위 기사로 따라가는 거지만, 나블 군은 보좌관으로서 드래거스 부단장과 정보를 공유하는 일도 있을 테니까 그 부분은 임기응변에 맡길게."

"알겠습니다."

"갓군은 적당히 기회를 봐서 기사단이나 개척민들과 교류해 줘. 모두의 분위기가 어떤지, 문제는 없는지 확인해 줬으면 해. 내가 보고 있으면 드러내지 못하는 사람도 있을 테니까. 뭔가 보고할 게 생기면 말해 줘."

"알겠습니다!"

"그럼 바로 시찰하러 가자! 출발~!"

그렇게 우리는 개척지를 돌기 시작했다.

작업 중이던 목수와 마법사들이 내 존재를 알아차리고 밝게 인사했다.

"안녕하십니까! 아니스피아 전하!"

"안녕~! 건축 상황은 어때~?"

"아주 좋습니다! 마법이 있어서 척척 진행되니까요. 금방 도시를 완성하겠습니다!"

"이렇게 명예로운 일을 하게 될 줄은 꿈에도 몰랐습니다! 온 힘을 다해 힘껏 노력하겠습니다!"

"너무 무리하지는 말고~!"

내가 그렇게 말하자, 함성으로 오해할 만한 음량의 대답이 돌아왔다.

마법으로 흙벽이 만들어지고, 그것이 성벽과 주택으로 바뀌는 모습을 바라보며 나아갔다.

그런 와중에 샤르네가 불쑥 중얼거렸다.

"새삼 보니 굉장한 광경이네요……."

"그렇지…… 아무래도 지금까지의 감각을 지울 수 없어서 위화감이 들지만."

나블 군이 약간 안절부절못하는 모습으로 맞장구를 쳤다. 나는 그런 나블 군의 얼굴을 보며 물어보았다.

"마법을 건축에 성대하게 이용하는 건 역시 이상해?"

"네. 하지만 이건 제 의식 문제이니, 이런 일이 계속되면 당연해질 겁니다."

"맞습니다. 나블 님은 온전한 귀족으로 지내신 것 같은데, 저는 가문에서 애물단지 취급을 받아 메이드로 일할 때 마법으로 빨래를 했었습니다."

"프리실라, 마법으로 빨래했었어?!"

"덕분에 손은 예쁩니다."

"아, 응, 그래…… 정말 손이 예쁘네……."

프리실라가 무표정으로 손을 살랑살랑 흔들었다. 표정과 언동과 가벼운 목소리까지 뭐 하나 일치하는 게 없어서 나블 군은 소태 씹은 듯한 표정을 짓고 있었다.

"아~ 근데 변방에서도 간단한 일은 마법으로 해결했었어요."

"귀족으로서 품위는 중요하지만, 모든 게 부족할 때는 편리한 방식을 쓰지 않을 수 없으니까요……."

"……이렇게 이야기를 들으니 내가 얼마나 축복받은 환경에서 살았는지 통감하게 되는군."

이해를 표하듯 갓군과 샤르네가 중얼거리자, 나블 군은 낙담한 모습으로 고개를 흔들었다.

"그렇게 따지면 마법을 쓸 수 있는 모험가는 사용하는 마법에 따라 만능 해결사 취급을 받았을 정도니까. 역시 환경과 입장에 달린 일이라고 생각해."

"너무 자유로워도 곤란합니다만……."

"그렇지. 이번에는 마법부가 교육해 줘서 맡길 수 있었고, 마법사가 어떤 존재가 되어야 하는지는 그걸 알릴 방법과 함께 늘 생각해 둬야 해."

마법은 편리하지만, 편리하다고 해서 마법이 전부라고 생각하게 되거나 악행에 쓰이게 되는 일은 피해야 한다.

마법이 전부라고 생각하게 되면 과거에 일어났던 비극을 되풀이하게 되고, 마법을 마음대로 쓰는 세력이 생겨 힘을 얻어도 곤란하다.

마법은 사람의 바람을 비추는 거울이다. 그렇기에 그것이 나쁜 것이 되지 않는 사회를 만들어 나가야 한다.

"이렇게 도시를 건설하기 위해 마법이 당연하게 쓰이게 되는 것. 그런 광경이야말로 내가 그리는 이상이라고 할 수 있을지도 모르겠어……."

"뭔가 말씀하셨나요? 아니스 님."

"아니, 아무것도 아니야."

내 중얼거림을 들은 갓군에게 가볍게 둘러대고 다음 장소로 향했다.

그렇게 향한 곳은 기사들의 숙소였다. 비번인 기사들이 저마다 쉬는 곳인데, 오늘은 시찰하러 간다고 말해 둬서 남은 기사들이 정렬하여 맞이해 줬다.

"아니스피아 단장님! 수고 많으십니다!"

"다들 수고 많아. 어때? 개척은 순조로워? 뭔가 문제가 있으면 스스럼없이 말해 줘. 정말 사소한 거라도 좋으니까."

"문제는 특별히 없습니다! 마물 습격은 좀 잦지만, 솎아내기 시작한 이후로는 빈도가 줄었습니다."

"역시 마물 습격은 잦다고 느껴?"

"그렇죠…… 조우하는 일은 많지만, 그렇다고 무리가 큰 건 아니고, 강한 개체가 있는 것도 아닙니다. 맥 빠지는 부분도 없진 않습니다."

"토벌하기 힘들진 않아?"

"저희에게는 아니스피아 단장님께서 만들어 주신 마도구가 있으니까요!"

"마도구가 있으면 마물 따위 무섭지 않습니다!"

알통을 보여 주며 기사들이 밝게 말했다.

내가 만든 물건을 이렇게 좋아해 주니 새삼 고마웠다.

"그럼 다행이지만, 쓰면서 신경 쓰인 점은 없어?"

"음…… 마도구를 쓰게 되면서 마력량의 한계 같은 걸 느끼게 됐습니다."

"그리고 아니스피아 단장님처럼 구사하는 건 어렵더군요."

"마력량과 조작성인가……. 그건 개인차니까 말이지."

나는 마나 블레이드의 형상을 변화시켜 자유자재로 다룰 수 있지만, 내 생각보다 다들 그걸 어려워한다는 건 알고 있었다.

하지만 그건 본인이 노력해서 익혀야 하는 기능인지라 해결하기는 어려웠다.

"마도구를 다루는 건 좀 더 궁리해야겠다고 생각합니다."

"훈련은 하고 있지만, 실전이 되면 또 다릅니다. 전투 중에 마력이 다 떨어져서 마나 블레이드를 유지하지 못했던 녀석도 있습니다."

"……그런가. 그런 일도 있구나."

"마력이 고갈되면 마나 블레이드는 쓸 수 없으니까요."

"결국 최종적으로 중요한 건 검 실력이죠!"

웃으며 말하는 기사들의 얘기를 듣고 나는 생각에 잠겼다.

마나 블레이드는 나에게 있어 든든한 최고 걸작 중 하나다. 이게 없었다면 드래곤을 쓰러뜨릴 수도 없었고, 마나 블레이드에서 아르칸시엘과 셀레스티얼이 탄생했다.

하지만 다루는 사람에 따라서 발생하는 문제는 달라진다. 사소해 보여도 나중에 치명적인 문제를 일으킬 수도 있다.

"……알게 됐으니 이대로 아무것도 안 할 수는 없지."

누구도 듣지 못하도록 작게 중얼거리며, 나는 조용히 결심했다.

6장 새로운 시도

내가 신도시 개척지에 오고 며칠이 지났다. 그동안 나는 드래거스 부단장이 기록해 준 보고서를 계속 보고 있었다.

팔락팔락 종이 넘기는 소리만 울리는 가운데, 프리실라가 작게 헛기침하고서 나를 불렀다.

"아니스피아 전하, 슬슬 한숨 돌리시는 게 어떻습니까? 며칠 전부터 줄곧 서류만 보고 계시죠?"

"응. 끊기 적당한 곳에서 한숨 돌릴 테니까 나중에 부를게."

"……열은 없으십니까?"

"열? 특별히 몸은 나쁘지 않은데."

"……그렇습니까."

프리실라가 석연치 않은 듯 중얼거렸다. 그 모습이 조금 신경 쓰였지만, 나는 금세 보고서로 시선을 떨어뜨렸다.

"……아니스피아 단장님은 뭔가 잘못 드시기라도 한 건가?"

"나블 님, 항상 저한테 불경하다고 화내면서 엄청나게 불경한 발언 아니에요?"

"하지만 가크 님, 저는 나블 님의 마음도 이해가 갑니다. 평소의 아니스피아 전하라면 우는소리를 하며 마지못해 서류를 보실 텐데, 며칠간 저렇게 열심히 보고서를 읽으시며 뭔가 생각하시는 모습을 보면 무슨 일이 생겼나 눈을 의심하게 되죠."

"프리실라 씨처럼 말하진 않겠지만, 그래도 굉장한 집중력이에요……. 조금 걱정되네요."

……뭔가 동료들이 모여서 속닥속닥 이야기하고 있는 것 같은데, 무슨 얘기를 하고 있는 걸까?

다 읽은 보고서를 책상에 놓고서 나는 네 사람에게 말했다.

"내일 왕도에 한번 돌아갈 건데, 부탁하고 싶은 게 있어."

"무엇인지요?"

"왕도에 돌아가면 티르티랑 토마스한테 기별 좀 넣어 줘. 상담하고 싶은 게 있다고 하면 와 줄 거야."

"티르티 님과 토마스 씨요?"

"그 두 사람은 마학 연구실의 외부 고문이니까. 같이 얘기를 들어 줬으면 해."

티르티와 토마스는 미리 마학 연구실의 외부 고문으로 임명해 뒀다. 마도구를 개발하는 데 있어서 두 사람의 조언은 매우 도움이 되기 때문이다.

"그 두 사람을 부르신다는 건, 뭔가 새로운 마도구라도 만드시려는 겁니까?"

"맞아. 요 며칠 드래거스 부단장의 보고서를 읽고, 돌아다니면서 사람들한테 얘기를 들었는데, 개척 상황은 순조로워. 그러니까 순조롭게 진행 중일 때 기사단을 도울 마도구를 개발하려고."

"대체 어떤 마도구를 생각하고 계신 겁니까?"

"좋은 질문이야, 나블 군. 분명 너도 흥미를 가질 만한 물건이야. 자세한 얘기는 왕도에 돌아가서 하자."

나는 즐겁게 웃으며 그렇게 말했다.

* * *

마차로는 긴 시간을 이동했던 거리도, 에어바이크를 이용하니 하루도 채 걸리지 않아 왕도에 돌아갈 수 있었다.

미리 정해 뒀던 착지점에 내려서자, 왕성에서 일하는 근위 기사단이 모여들어 인사했다.

"어서 오십시오, 아니스피아 마도 기사단장님."

"다녀왔어. 단장이라고 불리는 거, 좀 어색하네."

"하하, 금방 익숙해지실 겁니다."

"그러면 좋겠다. 그럼 에어드라랑 에어바이크를 부탁할게. 나블 군이랑 갓군도 수고했어. 오늘은 푹 쉬어. 내일 보자."

"알겠습니다."

"그럼 저랑 나블 님은 가 보겠습니다. 수고하셨습니다~!"

나블 군과 갓군은 인사하고서 떠나갔다. 그걸 배웅한 후, 옆에 시립해 있는 샤르네와 프리실라를 보았다.

"샤르네랑 프리실라도 오늘은 이만 쉬어도 돼. 나는 이대로 별궁에 갈 거니까."

"알겠습니다! 그럼 내일 봬요!"

"실례합니다."

나블 군과 갓군에 이어서 샤르네와 프리실라를 보낸 후, 나는 별궁으로 갔다.

오늘은 휴일이니까 별궁에 가면 유피를 만날 수 있다. 그렇게 생각하니 걸음이 빨라지려고 했다. 뛰어가고 싶은 마음을 억누르며 별궁 부지에 들어갔다.

"—아니스."

그대로 별궁 입구에 다가가려고 했을 때였다.

위에서 목소리가 들려서 고개를 번쩍 들자 그림자가 졌다. 그리고 뭔가가 품에 안기는 충격이 와서 그대로 엉덩방아를 찧을 뻔했다.

귀에 익은 목소리, 아는 향기, 친숙한 체온. 내 몸을 세게 끌어안는 사람이 누구인지, 나는 알았다.

"다녀왔어, 유피."

"어서 와요, 아니스."

귓가에 속삭이는 목소리가 달콤했다. 빙그레 웃으며, 매달리듯 나를 껴안고 있는 유피의 등을 토닥였다.

고작 일주일 떨어져 있었을 뿐인데 역시 외로웠다. 하고 싶은 일과 해야 할 일이 외로움을 잊게 해 줬을 뿐, 유피가 곁에 없는 건 고단했다.

하지만 나보다도 유피가 더 견디기 힘들었던 걸지도 모른다. 설마 뛰어내려서 안길 줄은 상상도 못 했다.

"외로웠어?"

그렇게 묻자, 유피는 대답하는 대신 팔에 힘을 주고 뺨을 비볐다.

그 무언의 호소가 귀여워서 가슴이 꽉 죄어들었다. 이렇게 행복한 아픔도 있구나.

오늘은 연상답게, 응석 부리고 싶어 하는 여왕님을 다정하게 대해 줘야겠다.

"유피, 방에 가자. 방금 막 돌아왔으니까 조금 쉬게 해 줘."

"……그렇죠."

달래듯 그렇게 말하니, 유피가 팔에서 힘을 뺐다.

하지만 다음 순간, 내 몸이 붕 떠올랐다. 무슨 일인가 싶어서 눈을 동그랗게 뜨자, 반듯한 얼굴이 또 코앞에 와 있었다.

그 거리를 보고, 유피가 나를 안아 들었다는 것을 겨우 인식했다.

"자, 잠깐만, 유피?!"

"방으로 가요."

"안아 들 필요는 없잖아. 으아아?!"

유피는 중력을 잊은 것처럼 가볍게 공중으로 떠올랐다.

훌륭한 비행 마법으로, 유피가 방금 내려왔을 터인 창문으로 날아가 그대로 방 안으로 이동했다.

순식간에 벌어진 일에 나는 그저 눈을 동그랗게 뜰 수밖에 없었다.

"……참을 줄 모르는 나쁜 여왕님이네."

"오늘은 휴일이니까요."

"진짜! 됐으니까 내려 줘! 예뻐해 주려고 했는데, 나쁜 아이한테는 상을 주지 않을 거야!"

"정말요?"

유피가 나를 내려 주고, 눈을 들여다보듯 거리를 좁혔다.

사랑스럽고, 애틋하고, 괴롭고. 그런 다양한 감정이 뒤섞인 눈동자가 나를 꿰뚫어 버릴 것처럼 바라보고 있었다.

그 눈이 예쁘다는 생각이 들어서 화낼 기력도 사라져 버리니, 이건 반칙이다.

"으으……! 외로웠던 건 알겠지만, 남들의 시선이 있잖아……."

"아니스에게 설교를 들으니 석연치 않네요."

"그런 부분 때문에 성격이 나쁘다고 하는 거야. 너도 자각이 있지?"

"그야 나쁜 아이니까요."

그렇게 말하면서 유피는 전혀 반성하는 기색도 없이 내 어깨에 얼굴을 묻었다.

어리광쟁이 고양이처럼 머리를 비비적거리고, 허리에 팔을 둘러 놓치지 않겠다는 듯 끌어안았다.

"……어리광이 심하네."

"외로웠으니까요. ……정말 진심으로, 지금 이 순간까지 줄곧."

"그렇게까지 말하면 용서할 수밖에 없잖아. 치이."

"아니스."

유피가 이름을 부르며 체중을 실었다. 그대로 침대 쪽으로 밀어서 둘이 함께 침대에 누웠다.

유피가 올라타는 자세가 되었고, 그대로 상체를 숙여 얼굴을 가까이 가져왔다.

입술이 가볍게 맞닿고 이마를 붙였다. 그 자세로 한동안 굳어 있던 유피가 그대로 옆에 나란히 누웠다.

둘이서 드러누운 채 손을 맞잡았다. 그저 그것뿐인데 왠지 웃음이 났다.

"아하하, 하하하!"

"후후후, 아하하!"

내가 웃자 유피도 웃었다. 나는 한없이 솔직하게, 유피는 평소보다 앳되게.

그렇게 얼마나 함께 웃었을까. 우리는 벌러덩 누워서 천장을 바라보았다.

"개척지는 어땠나요?"

"순조로웠어. 큰 문제도 없고, 사기도 높아. 나도 기운을 받았어."

"그건 멋지네요. 시안 남작도 잘 있던가요?"

"잘 지내고 있어. 레이니한테 쓴 편지를 받았으니 전해 줘야지."

"레이니도 걱정했으니까요. 분명 기뻐할 거예요."

"응, 그렇지."

"……잘될 것 같나요?"

"아직 모르겠어."

유피가 물어서, 나는 천장으로 손을 뻗으며 중얼거렸다.

"지금은 순조롭지만, 앞으로도 순조로울 거라고 낙관적으로 볼 수는 없어. 입지 때문에 마물의 수도 많고, 앞으로 더 강한 마물이 나타날지도 몰라."

"그런가요……."

"응. 그러니까 이 틈에 내가 할 수 있는 일을 하려고. 내일 바로 티르티랑 토마스를 불러서 연구실 사람들이랑 얘기해 볼 생각이야!"

그러니 괜찮다고, 그런 의도로 나는 유피에게 말했다.

그러자 유피는 어째선지 조금 서운해하는 표정을 지었다. 그리고 눈을 내리뜨더니 토라진 것처럼 가볍게 뺨을 부풀렸다.

"……그 반응은 뭐야?"

"아니스가 아니스다워서 삐졌어요."

"내가 나다운데 왜 삐져?"

"……저는 이렇게나 쓸쓸했는데, 아니스는 제가 없어도 바로 자신이 하고 싶은 일을 찾아 버리잖아요. 할 일을 정하면 혼자서 날아가 버리는 건 정말 아니스답지만, 조금 싫어요."

"……조금?"

"……조금요."

"정말?"

"진짜로 삐져도 돼요?"

"아하하, 미안."

무심코 웃었더니 유피가 뺨을 부풀린 채 뚱하게 노려보았다. 그런 유피의 뺨이 신경 쓰여서 콕콕 찌르고 말았다.

유피는 그런 내 손을 잡더니 그대로 깍지를 꼈다.

"저는 아니스가 없으면 안 되는데, 아니스는 제가 없어도 아무렇지도 않을 것 같아서 질투할 것 같아요."

"나도 유피가 없으면 이렇게까지 열심히 못 해. 유피가 내게 자유를 주니까 할 수 있는 거야."

"……제가 아니스에게 자유를 준 탓에 제가 외로워지는 건 불공평하다고 생각하지 않나요?"

내 손을 끌어당겨 살며시 입을 맞춘 유피가 시선만 들어서 나를 올려다보았다. 그 동작에 심장이 두근거렸다. 이건 엄청난 기습이었다.

약해진 모습을 보여 주는 건 기쁘지만, 불공평하다고 하기에는 유피도 너무 조심성 없이 나를 두근거리게 하지 않나.

"우리 귀여운 여왕님은 어떻게 하면 기분이 풀릴까?"

"……지금부터 내일 아침까지 독점할래요."

"최소한 밥이랑 목욕은 허락해 줘. 일리아도 곤란할 거야. 갑자기 사람을 데려갔으니까."

"참게 만든 아니스가 나빠요."

그렇게 말하고서 유피는 내 배를 베듯 머리를 올렸다.

배가 눌리면서 살짝 괴로웠지만, 그대로 움직이지 않는 것이 관심받고 싶어 하는 대형견처럼 보였다.

그러니 응석을 받아 주고 싶은 마음이 드는 것도 어쩔 수 없었다. 살며시 유피의 머리를 쓰다듬자 유피가 기분 좋은 듯 눈을 가늘게 떴다.

"……이런 말을 하면 곤란하게 만든다는 건 알고 있어요."

"유피가 어리광을 부려 주는 건 영광스러운 일이니까 괜찮아."

"그럼 좀 더 머리를 쓰다듬어 주세요."

유피는 완전히 내게 몸을 기대고 얼굴을 묻으며 말했다.

정말로 너무 무리해서 탈이 난 걸지도 모르겠다고, 머리를 쓰다듬으며 생각했다. 본인도 각오했었겠지만, 실제로 나와 떨어져 보니 생각보다 더 힘들었던 걸지도 모른다.

가뜩이나 왕이라는 중책을 짊어지고 있는데, 나와 떨어져서 괴로웠다면 더더욱 힘들었을 것이다.

하지만 유피는 못 하겠다는 말은 하고 싶지 않겠지. 라일라나 때문에 아무것도 못 한다고 생각하는 게 괴로울 거다. 그럴 리가 없는데.

그러니 내가 할 수 있는 일은 유피가 힘낼 수 있도록 응원해 주는 것이다.

"애썼어, 유피."

칭찬하듯이, 달래듯이. 나는 유피의 머리가 얼마나 매끄러운지 확인하며 다정하게 머리를 쓰다듬었다.

그녀는 아무 말이 없었고, 그저 조용한 시간이 흘러갔다.

＊ ＊ ＊

내게 달라붙어 있으면서 유피도 조금 안정이 된 모양이라, 겨우 저녁 식사와 목욕을 끝낼 수 있었다.

그러는 동안에도 가능한 한 내 곁에 있으려고 해서, 우리를 보는 메이드들의 시선이 매우 신경 쓰였다.

결국 시선을 견디지 못하고 방으로 돌아왔는데, 보는 눈이 없어지자 유피는 거침없이 들러붙었다.

그리고 지금, 유피가 나를 뒤에서 껴안고 있었다. 내 목덜미에 얼굴을 묻고 있어서, 목에 닿는 숨이 간지럽고 감질났다.

"유피, 슬슬 만족했어?"

"전혀요."

"그래……."

"그러고 보니 티르티랑 토마스를 불렀다고 했는데, 어떤 마도구를 만들려고요?"

"아아, 일단은 토마스한테 셀레스티얼의 양산품을 만들어 달라고 할 거야."

"셀레스티얼의 양산품이요?"

"제작비는 낮추겠지만, 일반적으로 기사들이 쓰는 검을 토대로 해서 마도구로 만들려고. 마나 블레이드는 예비 무기로서는 우수하지만, 마력이 다 떨어지거나 원래부터 마력량이 적으면 무용지물이 되어 버려. 제어하기 어렵다고 느끼는 사람도 적지 않다고 들었어."

"그래서 셀레스티얼의 양산품을 만들자고 생각한 건가요?"

"내 기사단은 평민이 많으니까. 마나 블레이드가 나쁘다고 생각하진 않지만, 더 좋게 만들 수 있다면 마련해 주고 싶어."

"흠…… 그래서 대장장이의 수요가 늘면 고용 증가로 이어질지도 모르겠네요. 의논이 끝나면 보고해 주세요."

"응. 그와 병행해서 양산품이 아닌 새로운 마검도 고안해 보려고."

"새로운 마검이요?"

"그래. 그래서 티르티를 부른 거야. 의견을 듣고 싶으니까."

"……저도 참가하고 싶지만, 그건 역시 힘들 것 같아요."

유피는 서운한 표정을 지으면서 중얼거렸다.

그런 유피를 보고, 나는 유피에게 등을 기대어 체중을 실었다.

"……이건 다른 얘기인데, 조금 생각하는 것도 있어. 내 행동 방침이라고 할까, 앞으로 뭘 하면 좋을지, 라고 말하면 되려나."

"왜 그런 생각을?"

"기사단장이라는 거창한 직함을 얻고, 나만 할 수 있는 일이 보이기 시작하니까, 책무를 짊어진다는 건 진짜 힘든 일이라는 생각이 강하게 들더라. 힘들어도, 누가 대신해 줬으면 해도, 나만 할 수 있는 일이 있어. 알고 있다고 생각했는데, 이전보다 더 실감이 들어."

지금의 입장이 되고, 책임을 확실히 짊어지자고 의식할수록, 유피가 왕으로 있으려 하는 것이 얼마나 힘든 일인지 더 잘 상상이 갔다.

유피에게는 정말 아무리 감사해도 부족하다. 그게 나를 사랑해 주고 있다는 증명 같았다. 그렇기에 내 노력이 부족하다는 생각이 들었다.

"실감했기에, 유피가 왕의 책무를 짊어지느라 힘들겠다는 게 더 잘 이해됐어. 다시금 고마워."

"제가 원해서 하는 일이니까요."

"응. ……하지만 말이지. 역시 뭐든 자유롭게 할 수 있는 건 아니잖아?"

"……그렇죠."

"유피가 원한 일이지만, 그래서 유피가 괴로워한다면 슬퍼. 이유가 나 때문이라면 더더욱."

"그래도 저희가 결정한 일이에요. 알고는 있어요……."

"응. 알아. 그래서 생각해. 유피는 좀 더 욕심을 부려도 돼."

"……욕심이요."

"나도 하고 싶은 일을 하고 있어. 유피가 자유를 줘서 꿈을 좇을 수 있어. 그건 아주 행복한 일이야. 그런 행복을 유피도 가졌으면 해. 그러니까 조금은 욕심을 부려도 돼. 내가 허락해 주고 싶어."

나를 껴안는 힘이 강해졌다. 조금 괴로워질 만큼 꽉 껴안은 유피가 아까보다도 밀착했다.

"……아니스가 자유롭기를 바라는 건 제 욕심이에요."

"응."

"하지만 조금 더 욕심을 부려도 된다면…… 당신에게 자유를 줄 테니까, 무슨 일이 있어도 제 곁으로 돌아와 줬으면 해요. 참을게요. 해야 할 일도 할게요. 제가 할 수 있는 최대한의 노력을 당신에게 바칠게요."

유피의 말은 살짝 떨리고 있었다. 그 떨림을 가라앉히기 위해 유피의 손에 내 손을 포갰다.

내 손이 포개지자 유피가 깍지를 꼈다. 놓기 싫다는 듯 힘을 줘서, 서로의 손이 똑같은 열기를 띠게 될 것 같았다.

"부디…… 당신을 독점하는 걸 허락해 주세요. 당신에게 준 자유를 아주 조금만 제게 주세요."

유피가 잠길 듯한 목소리로 절실하게 중얼거렸다. 목으로 다가온 입술은 당장에라도 물어뜯을 것 같았다.

그런 유피의 불안을 달래듯 나는 웃어 줬다.

"언젠가 말했었잖아. 내 전부를 유피에게 주겠다고. 내게 자유를 주는 건 기쁘지만, 그래서 유피가 괴롭다면 그냥 같이 있어 주고 싶어."

"……하지만 아니스는 자유를 좋아하잖아요?"

"유피가 준 자유니까. 내가 자유롭기를 유피가 바라니까 이 자유를 사랑할 수 있는 거야. 그 자유가 유피를 고통스럽게 한다면, 다시 조금 놓아줘도 괜찮다는 생각이 들 때까지 붙잡혀 있어 줄게."

유피의 손을 끌어와 손등에 입을 맞췄다.

그대로 몸을 돌리고 시선만 들어서 유피를 올려다보았다.

서로의 시선이 얽히자, 빨려들어가는 것처럼 유피가 내게 다가왔다. 그대로 입술을 포개고 침대로 나를 넘어뜨렸다.

내 가슴에 얼굴을 묻은 유피는 살짝 떨고 있었다. 킁, 코를 훌쩍이는 소리가 들리고 가슴이 약간 축축해졌다.

"왜 울어 버리는 걸까."

"울린 사람이 할 말인가요."

"위로하고 싶었는데."

"……자신이 한심해요."

"한심한 유피도 사랑해."

"……아니스는 치사해요."

"연상의 여유야. 우쭈쭈, 어리광 부리렴. 언니가 어리광을 받아 줄게…… 윽, 아야야야야?!"

눈을 감고 유피의 머리를 쓰다듬는데, 유피가 쇄골에 이를 세웠다. 눈물이 핑 돌 정도로 아파서 비명을 지르고 말았다.

어리광이라고 하기에는 살짝 강한 힘에 울상을 짓자, 유피가 뾰족한 눈으로 나를 노려보고 있었다. 눈물이 살짝 남아 있는 탓에 토라진 것처럼 보이기도 했지만…….

"아니스가 이렇게 심술쟁이가 될 줄은 몰랐어요. 너무 자유를 준 탓일까요?"

"유, 유피……?"

"그러네요. 다소의 속박은 연상의 위엄으로 받아 줄 것 같으니. 저는 연하니까 실컷 어리광을 부려야겠어요."

"그, 그렇게 무섭게 웃으면서 어리광 부리겠다고 해도 안 귀여운데……?"

"그게 진심으로 하는 말인지, 지금부터 찬찬히 들어 보기로 하죠."

장난스럽게 넘어가 보려고 하자, 유피는 전에 없이 환하게 웃었다.

싱긋 웃고 있는데 몸서리쳐지는 기운이 소용돌이쳤다. 내일 예정에 차질이 생길지도 모르겠다.

하지만 삐져도 좋고 화내도 좋으니, 솔직하게 마음을 털어 놓아 줬으면 하는 생각도 들었다. 그러니 나 자신이 말한 대로 유피를 받아 주자.

"응, 좋아. 밤은 아직 기니까."

미소 지으며 유피의 뺨을 쓸자, 유피의 눈이 서서히 가늘어졌다.

그렇게 석연치 않다는 표정을 짓는 유피가 귀여워서 나는 웃음을 금할 수 없었다.

* * *

"아아~ 큼, 으흠…… 있잖아, 샤르네, 프리실라…… 내 목소리 안 쉬었지?"

"……감기라도 걸리셨어요?"

샤르네가 고개를 갸웃하며 걱정된다는 듯 물었다.

목소리가 괜찮은지 묻는 것은 목 상태에 위화감이 들기 때문이었다. 얄밉지만 사랑스러운 여왕님이 원인이지만.

"아니스피아 전하, 목에 좋은 사탕을 받아 왔으니 드시지요."

"……고마워, 프리실라."

"아닙니다. 아주 뜨거운 밤을 보내신 것 같으니."

"……네? 어제 그렇게 더운 것 같지는 않았는데요."

프리실라는 눈치챈 것처럼 대응했지만, 눈치 못 챈 샤르네가 순수한 반응을 보이니 멋쩍어졌다.

이제 손님을 만날 건데 이래선 안 됐다. 프리실라가 준 사탕을 입에 넣으며 마음을 다잡았다.

"다들 모였어?"

"네. 아니스피아 전하를 기다리고 있습니다."

"그럼 갈까."

나는 샤르네와 프리실라를 데리고서 방을 나섰다. 그렇게 향한 곳은 내가 집무실로 쓰는 방이었다.

안에는 갓군, 나블 군, 하르피스, 티르티, 토마스가 모두 모여 있었다.

"안녕하세요, 아니스피아 전하."

"안녕, 하르피스. 별 탈 없었어?"

"이쪽은 괜찮아요. 여전히 바쁘긴 하지만요……."

"그렇구나. 티르티랑 토마스도 와 줘서 고마워."

"……아닙니다."

토마스는 긴장했는지 평소보다 말수가 적었다. 어쩔 수 없나. 여기서 토마스만 평민이고, 긴장하지 말라고 하는 게 더 무리한 요구일 거다.

그리고 티르티. 티르티는 어째선지 못되게 웃으며 나를 보고 있었다.

"그나저나 늦었네, 아니스 님. 여왕님이 안 놔줬나?"

"……몸단장하는 데 조금 시간이 걸렸을 뿐이야."

"몸단장이란 말이지……? 뭐, 상관없지만. 아무튼 개척이 시작되자마자 날 부른 용건이 뭐야?"

"바쁜 와중에 와 준 사람도 있으니까 바로 본론에 들어갈까. 새로운 마도구를 만들려고 토마스랑 티르티한테도 와 달라고 했어."

"변함없이 생각을 떠올리면 일직선이라고 할까, 빨리 움직이는군……."

"그게 바로 내가 칭찬받는 부분이니까, 토마스. 그리고 저번에도 말했지만 편하게 말해도 돼. 그러라고 외부 고문이라는 지위를 줬으니까. 내 방식에 반대하는 사람은 여기 없어."

그렇지? 하고 말하듯 모두를 보자 반대하는 사람은 없었다. 나블 군이 이마를 짚고서 한숨을 쉬긴 했지만, 일부러 무시했다.

"……알았어. 아무튼 새로운 마도구를 만든다는 건?"

"토마스는 셀레스티얼의 양산품을 만들어 줬으면 해. 셀레스티얼 수준의 성능을 원하는 건 아니지만."

"양산…… 기사들에게 보급하려는 건가?"

"개척은 순조롭지만, 그래도 마물의 습격 횟수가 잦다는 건 변함없어. 마나 블레이드의 평판도 좋긴 한데, 개선을 바라는 목소리도 있거든. 마나 블레이드의 개량형이라고 할 수 있는 셀레스티얼의 양산품이라면 요망에 부응할 수 있을 거야.”

“흠…… 마나 블레이드는 이점도 많지만, 익숙해지는 데 시간이 필요하고, 마력이 다 떨어지면 쓸 수 없다는 결점도 있으니 말이지. 셀레스티얼처럼 검으로도 쓸 수 있는 무기를 원하는 건 당연한가.”

“이미 완성된 물건이 있으니까 그걸 양산하는 건 어렵지 않지?”

“잠깐만.”

“……티르티?”

토마스와 이야기하고 있는데 티르티가 끼어들었다.

이유를 알 수 없어서 티르티 쪽을 보니, 티르티는 지그시 내 얼굴을 바라보고 있었다.

그 표정이 어딘가 날카롭게 느껴져서 나도 모르게 숨을 삼키고 말았다.

티르티는 조용히 숨을 내쉬고서 입을 열었다.

“아니스 님이 하고자 하는 말이 뭔지, 뭘 하고 싶은지는 이해했어. 근데 정말 그래도 괜찮겠어?”

“괜찮겠냐니, 뭐가?”

“아니스 님은 마나 블레이드와 아르칸시엘, 셀레스티얼을 제외하고 마도구를 무기로 만드는 걸 피했었잖아?”

“……그건.”

“나는 그 이유를 알고, 그렇기에 물어봐야 한다고 생각한

거야."

티르티는 눈을 가늘게 뜨고서 물었다. 이에 나는 입을 다물었다.

내가 그렇게 침묵하고 있으니 분위기가 무거워졌다. 그 무게를 견디지 못한 샤르네가 조심조심 입을 열었다.

"저, 저기…… 왜 마도구를 무기로 만들면 안 되나요? 아니스 님이 피하셨다면 이유가 있을 것 같은데……."

"그건, 위험하기 때문이겠지."

샤르네의 의문에 답한 사람은 나블 군이었다. 샤르네는 답을 구하듯 나블 군을 보았지만, 이번에 답한 사람은 하르피스였다.

"마도구는 평민도 쓸 수 있는 편리한 물건이에요. 실제로 아니스피아 전하가 공표하신 마도구는 생활에 도움이 되는 게 많고, 명확하게 무기인 건 마나 블레이드와 셀레스티얼, 유필리아 여왕 폐하의 아르칸시엘 정도로 수가 적어요. 왜일 것 같나요?"

"……무기인 게 문제라서?"

"맞아요. 지금까지 발명된 마도구는 사람에게 도움이 되는 물건을 추구하여 만들어진 게 많지만, 사용법을 조금 바꾸기만 해도 위험한 힘이 돼요."

"아니스 님의 예전 평판을 고려하여 생각해 봐. 만약 아니스 님이 마도구를 무기로서 평민에게 나눠 주고 다닌다면 어떻게 될까?"

"……귀족에게 불만이 많은 평민들이 반란을 일으킬지도 모르지."

"나블 님?! 그런, 반란이라니……!"

티르티의 물음에 나블 군이 엄격한 표정으로 답을 중얼거렸다. 그걸 들은 샤르네가 깜짝 놀라서 비난하듯 외쳤다.

"샤르네라고 했나? 그런 일은 절대 없을 거라고 말할 수 있어?"

"……윽, 그런 일은……!"

티르티가 담담히 질문하자 샤르네는 뭔가를 말하려다가 힘없이 고개를 가로저었다.

방의 분위기가 무거워진 가운데, 토마스가 불쑥 입을 열었다.

"……귀족의 횡포로 가족을 잃은 평민도 있어. 귀족이라는 이유만으로 귀족을 증오하는 사람도 있어. 그런 녀석이 마도구 무기를 손에 넣는다면 복수를 생각할 만도 해."

"……정말 있는 거군요, 그런 이야기가."

"……뭐, 그렇지."

샤르네가 곱씹듯 중얼거리자, 토마스는 퉁명스럽게 맞장구를 쳤다.

"불만이 쌓여 있는 건 평민뿐만이 아니에요. 중앙 귀족과 지방 귀족이 다투는 일도 있고, 만약 싸움이 벌어진다면 그

발단이 꼭 평민일 리는 없는 거 아닌가요?"
"가크 말이 맞아. 마도구를 무기로 만들면 그건 누구나 쓸 수 있는 힘이 되는 거야. 평민도 마법을 쓸 수 있다면, 원래부터 마법을 쓸 수 있는 귀족도 카드가 늘어나는 거지. 사람은 힘이 있으면 야심을 품고, 못된 마음을 먹기도 해."
"그렇기에 아니스피아 전하는 무기로서 마도구를 만드는 일을 피하신 겁니까?"
"……그렇지."
프리실라가 물었기에 나는 살짝 한숨을 쉬며 고개를 끄덕였다.
"예전에는 입장도 평판도 안 좋았어. 내가 마도구 무기를 양산하면 반역을 꾀한다는 말을 들을 수도 있었어. 마나 블레이드도 호신용 무기로 만든 거라서 묵인된 거야."
"아니스피아 단장님을 없애 두고 싶은 귀족도 있었을 테니까요. 지금은 유필리아 여왕 폐하가 나라를 바꾸고 마도구의 유용성을 인정하기 시작해서 용납되는 거지, 뭔가 하나라도 삐끗하면 나라가 기울어질 만한 위험한 힘입니다."
"나블 말이 맞아. 마도구를 무기라는 형태로 만들면 그게 더 잘 알려지겠지. 그렇기에 확인해 둬야 하는 거고, 적어도 여기 있는 모두가 인식해야 해. 그래서, 아니스 님은 정말 괜찮다고 생각해?"
티르티가 재차 나를 똑바로 바라보았다. 뭔가를 살피듯

바라보며 내가 대답하길 기다렸다.

나는 숨을 고르고서 가슴에 손을 얹고 대답했다.

"지금이라면, 나는 마도구가 더 나은 미래로 가기 위한 힘이 될 수 있다고 생각해. 그리고 많은 사람이 미래를 거머쥐었으면 해. 이 개척은 그 첫걸음이고, 반드시 성공시키고 싶어."

"그래서 기사들에게 힘을 주기 위해 무기를 만드는 거야? 그 무기가 악용될 가능성도 알고서 말하는 거지? 악용되고 나서 만들지 말았어야 했다고 후회해 봤자 늦어."

"응. 각오는 이미 했어."

나는 티르티에게 올곧은 마음을 말했다. 이 말을 하면서 자연스럽게 웃었다고 생각한다.

그런 내 표정을 보고 티르티는 깊이 한숨을 쉬었다.

"그렇게까지 말한다면야 마음대로 해. 진짜 착해 빠졌다니까."

"선의만으로 이러는 건 아닌데. 분명하게 국익이 되는 일이기도 하고."

"예예. 아주 훌륭한 왕족 납시셨어."

어이없다는 표정으로 티르티가 손을 휘휘 저었다. 하지만 그 시선이 내가 아니라 다른 모두에게 향했을 때, 티르티의 분위기가 전에 없이 날카로워졌다.

"이제 알았지? 아니스 님은 착해 빠졌고, 진심으로 마법을 사랑하고, 누구나 마법을 쓰게 되면 좋겠다고 생각해.

추구한 꿈이 바라는 형태로 이루어지지 않을 위험성을 알면서도, 그래도 사람을 믿으려고 해. 그러니까 그걸 조금이라도 배반하려고 하면 용서하지 않을 거야."

"티르티! 왜 그렇게 협박 같은 짓을……."

"아니스 님은 잠깐 조용히 해. 아니스 님을 모실 거라면 각오해. 아니스 님이 마법에 거는 생각도, 마법에 거는 소원도, 그걸 알고서, 바라지 않는 미래가 오지 않도록, 배신하지 않도록. 아니스 님이 마도구를 무기로서 만들기로 한 각오의 무게를 잘 알아 둬."

"물론 알고 있어요. 아니스피아 전하께서 가져와 주신 것이 절대 나쁜 것이 되지 않도록 온 힘을 다할 생각이에요."

하르피스가 당당히 티르티에게 대답했다. 그에 동조하듯 다른 사람들도 고개를 끄덕였다.

모두의 얼굴을 노려보듯 살핀 티르티는 조용히 한숨을 쉬고서 눈을 감았다.

"그 정도로 각오가 되어 있다면 나는 더 이상 말하지 않겠어."

"……미안, 티르티. 그리고 고마워."

"흥. 딱히 고맙다는 말을 듣고 싶어서 한 일은 아니야."

티르티는 콧방귀를 뀌더니 팔짱을 끼며 고개를 돌렸다.

태도는 뾰족했지만, 나를 위해서 말해 줬다고 생각하니 가슴속이 간질거렸다.

"아무튼. 양산 말고도 뭔가 생각이 있는 거지? 아니스 님."

"……왜 그렇게 생각했어?"

"셀레스티얼의 양산품을 만드는 거라면 토마스만 있어도 되잖아. 실제로 있는 물건을 양산형으로 만들어 달라는 거니까. 굳이 나까지 불렀다는 건 그게 다가 아니라는 거지."

"정답이야."

나는 가볍게 웃고 긍정했다. 그러자 티르티가 흥미롭다는 듯 미소 지었다.

"그럼 그 이유는?"

"양산형 마검과는 좀 다른 방향으로 새로운 무기 마도구를 만들고 싶다고 생각했거든. 그래서 티르티의 힘도 빌리고 싶어서……."

"새로운 무기 마도구는 어떤 걸 생각하고 있는데?"

"우선 첫 번째는 인공 마석을 이용한 마검을 만들 수 없을까, 생각하고 있어."

"인공 마석이라면, 아니스피아 전하와 유필리아 여왕 폐하의 왕천의에 쓰인 거였죠?"

"맞아, 프리실라. 그건 비행용 마법을 담은 인공 마석이었지만, 이론상으로는 다른 마법도 봉입할 수 있거든."

"혹시 그걸로 마법을 쓸 수 있는 마검을 새로 만드시려는 건가요?!"

샤르네가 깜짝 놀랐는데, 다들 비슷비슷한 반응이었다.

그중에서 유일하게 동요하지 않고 흥미롭다는 듯 턱에 손을 올린 티르티가 웃으며 물었다.

“흐응~ 그렇구나. 확실히 만들 수는 있을 것 같아.”

“티르티가 그렇게 말해 주니 든든하네. 아무튼 이 새로운 마검 연구는 하르피스가 진행해 줬으면 해.”

“제가요?!”

하르피스는 자신의 이름이 나올 줄 몰랐는지 자기 자신을 가리키며 눈을 동그랗게 떴다.

“하르피스라면 내 대리를 맡길 수 있으니까.”

“아니, 하지만……!”

“그리고 하르피스에게 맡기자고 생각한 건 네가 개인적으로 쓴 논문을 봤기 때문이야.”

“네에?!”

“아아, 그 논문 말이지. 나도 봤어. 그러네. 그 논문을 냈다면 충분히 아니스 님의 대리를 맡을 수 있겠어.”

“티르티 님까지……!”

나뿐만 아니라 티르티까지 찬성하자 하르피스가 더 심하게 동요했다.

그런 가운데, 나블 군이 의아한 표정을 지으며 손을 들었다.

“저기, 하르피스의 논문이란 건 대체 뭘 말씀하시는 겁니까? 그 논문이 결정타가 됐다는 것도, 새로운 마검을 만드는 것과 어떤 관계가 있는 겁니까?”

“하르피스가 개인적으로 연구 중인 테마가 있는데, 나도 관심이 있어서 자주 봤거든. 그 사고방식이 이번에 만드는 마검과도 통하는 게 있어."

"오오~ 개인적으로 뭔가 한다는 건 알았지만, 아니스 님이 인정할 만한 연구였구나!"

"아, 아뇨, 그렇게 대단한 건……."

갓군이 감탄하며 하르피스를 칭찬했으나, 하르피스는 몹시 황송해했다.

내용이 궁금했는지 프리실라가 물었다.

"그건 대체 어떤 논문입니까?"

"으음~ 전부 설명하려면 순서대로 말해야 한단 말이지. 일단 먼저 결론부터 말할까."

흥미진진해하는 시선이 내게 모이는 가운데, 나는 미소 지으며 대답했다.

"—내가 만들고 싶은 건 「진짜 마석」을 사용한 마도구야."

7장 심오한 마법의 신비

내가 꺼낸 말에 이번에야말로 다들 충격을 받아 말을 잇지 못했다. 그런 와중에 나는 손뼉을 쳐서 주의를 끌었다.

"다들 이것저것 묻고 싶은 게 있겠지."

"그야 그렇겠지. 마석의 쓰임새는 매우 한정적이니까. 나는 몰라도 다들 놀랄 거야. 나도 「마침내……」라는 기분이고."

"저기, 저는 자세히 모르는데, 마석을 뭔가에 이용할 수가 있나요?"

"그건 지금부터 설명할 건데, 마석을 이용하는 방법은 기밀이니까 밖에서 누설하지 않게 조심해 줘."

내가 그렇게 말하자 샤르네가 손으로 입을 막고서 고개를 끄덕거렸다.

다른 애들도 진지한 표정으로 고개를 끄덕였다. 지금부터 할 이야기가 중요하다는 걸 이해하고 있는 것 같았다.

"순서대로 얘기해야 하니까 우선 하르피스에게 설명해 달라고 할까."

"하, 하지만 그건 아직 연구 중이라서……."

"그게 마석의 이용을 설명하는 것과도 이어져. 그러니까 부탁해도 될까?"

"……알겠습니다. 저는 개인적으로 연구하던 게 있어서, 아니스피아 전하와 유필리아 여왕 폐하에게도 의견을 여쭙곤 했어요."

"개인적으로 뭔가 연구하고 있다는 얘기는 예전부터 했었지."

하르피스의 이야기를 듣고 갓군이 짚이는 게 있다는 듯 중얼거렸다.

그런 갓군에게 하르피스는 맞다는 듯 고개를 끄덕였다.

"제가 연구하던 건, 사용자의 기량에 좌우되지 않는 순수하고 단순한 마법을 찾아내는 거였어요."

"……요컨대 무슨 말이야?"

"마법은 개개인의 적성이 있어서, 똑같은 마법이어도 기량에 차이가 나잖아요? 그래서 저는 본인의 기량이나 적성을 제외한 순수한 기법을 만들고 싶었어요. 그 전 단계로 기존의 마법을 해석하고자 했죠."

"……즉, 순수한 기본 마법, 마법의 기틀을 찾아내고자 했다고 인식하면 되는 건가?"

"네, 나블 님의 말씀이 맞아요."

갓군은 잘 이해되지 않는다는 것처럼 고개를 갸웃거렸지만, 나블 군은 감탄하며 한숨을 쉬었다.

가장 간단하며 단순한 마법을 찾아내는 것. 그게 하르피스가 하던 연구였다.

"사용자의 기량이나 마력량을 제외한, 순수한 기술로서의 마법 체계 확립. 이 시점이 재미있어서 나랑 유피도 조언했어."

"아직 완전히 형태를 이루진 못했지만요……. 검증 도중이고."

"그래도 성과를 냈고, 그 시도가 중요한 거야."

마법에는 아무래도 개인의 재능이나 적성이 관여하고, 종래의 교육법은 정령에게 올리는 기도나 정령의 형태를 배우고서 이미지를 심화하는 감각적인 것이었다.

하지만 이에 적응하지 못하는 사람도 있었다. 하르피스가 그 전형적인 예였다. 그리고 하르피스는 마학을 접하고 지금의 마법 체계에 의문을 품었다.

그건 마법을 어려워한 경험에서 비롯된 것이었으리라. 마도구와의 만남이 하르피스에게 계시를 내렸다.

"아니스피아 전하께서 만드신 마도구는, 말하자면 누가 사용하든 안정된 성능을 발휘하는 마법이라고 할 수 있잖아요?"

"……그건 확실히 그렇군."

"그래서 저는 생각했어요. 사용자의 기량이 관여하지 않는 순수한 마법은 마도구로 발동시키는 마법과 똑같지 않을까."

"마법은 상상력을 단련하면 강력해진다고 배웠는데, 하르피스 님의 생각은 정반대 아닙니까?"

프리실라가 하르피스의 연구를 냉정하게 평가했다.

프리실라가 말한 대로, 하르피스가 그리는 마법 체계는 지금까지의 상식과는 정반대의 발상으로 이루어진 것이었다.

갈고닦는 것이 아니라 단순화한다. 그렇게 여분의 것을 포함하지 않는 순수한 마법을 만들어 낸다. 그것이 하르피스가 목표하는 마법의 형태였다.

"종래의 교육법이 틀렸다고 생각하진 않아요. 하지만 그 교육법으로 마법을 단련하지 못하는 사람도 있어요. 그래서 처음부터 간단히 쓸 수 있는 마법을 배울 수 있다면 마법에 대한 의식도 달라지지 않을까 싶었어요."

"그렇구나……. 나도 마법은 어려워하는 편인데, 이 얘기를 듣고 나니, 배운 방식이 안 좋았던 것 같기도 해."

갓군이 투덜거리듯 말해서 나는 무심코 쓴웃음을 짓고 말았다.

"마법을 발동할 때의 이미지는 사람마다 다르니까. 그 점에서 마도구로 발동하는 마법은 누가 쓰든 거의 같은 결과를 낸다는 게 재미있는 착안점이지."

"……그렇군요. 그리고 간단한 마법이어도 잘 연구하면 변화를 줄 수 있습니다. 마나 블레이드를 예로 들면, 그건 마력 칼날을 발생시키는 단순한 마법이지만, 아니스피아 단장님은 형상을 자유자재로 변화시키실 수 있죠. 그런 기술 습득으로 이어질 수 있는 건가요."

"기본은 중요하니까. 지금의 마법은 단순화라는 방면 쪽으로는 완전히 다듬어지지 않았다고도 할 수 있는 거지."

나블 군이 감탄의 숨을 내쉬었다. 여기 있는 모두가 하르피스에게 존경의 시선을 보냈다.

그 시선이 멋쩍었는지 하르피스가 가볍게 헛기침을 했다.

"종래의 교육법으로는 아무래도 인식을 공유하기 어려워서 애매해진다고 생각해요. 그래서 기도나 전통에 기반하여 계승된 종래의 마법 체계가 아니라, 마학 시점의 기술에서 유래한 마법 체계를 확립하고 싶어요. 그게 제 꿈이에요."

"아니스 님의 영향을 받은 이단적인 생각이야. 이래서 아니스 님은 자극적이라니까. 심심하지 않아."

티르티가 정말 재미있다는 듯 웃고서 하르피스를 바라보았다.

그런 티르티의 시선에 하르피스가 어깨를 움찔하고 어색하게 웃었다.

"이단적이라고 말했지만, 딱히 하르피스도 전통적인 마법을 부정하려는 건 아니야. 지금까지 이어진 방법도 틀렸다고 할 순 없어. 전통적인 방법에 더해, 누구나 마법을 잘 구사할 수 있게 새로운 방법을 고안하고 싶다는 거지. 그게 하르피스의 꿈인 거야."

"그, 그렇죠……."

"그건 사람마다 느끼는 게 다르지 않을까. 나는 종래의 방식을 고집하는 정령 신앙파가 한 방 먹는 모습을 보며 차를 마시고 싶은데."

"그래그래, 네 취미 고약하다, 고약해. 하던 얘기를 마저

하겠는데, 나는 하르피스의 얘기를 듣고 얼마나 마법을 간략화할 수 있는지, 어떤 요소 때문에 똑같은 마법이어도 차이가 생기는지 검증했어. 그러면서 재미있는 사실을 알았지."

"재미있는 사실이요?"

샤르네가 고개를 갸웃하며 중얼거렸다. 그 반응에 작게 웃은 나는 하르피스 쪽을 보았다.

"그럼 하르피스 선생님. 설명을 부탁드려도 될까요?"

"으으…… 아직 검증 중인데……. 그리고 선생님이라고 하지 마세요……."

"이론적으로 완벽히 설명되진 않았지만, 나는 감각적으로 진실에 가깝다고 생각해. 그러니까 괜찮아. 장공주님의 명령이야."

"……네에, 알겠습니다."

하르피스는 안경을 고쳐 쓰고서 크게 심호흡하고 고개를 들었다.

"아까도 말씀드렸다시피, 저는 마법의 간략화 및 단순화를 목표로 연구를 진행했어요. 그러면서 어떤 의문과 추측이 생겨났죠."

"의문이라니?"

"대전제로서, 저희는 정령의 은혜로 마법을 쓰고 있어요. 정령이 없으면 마법은 성립되지 않아요."

"뭐, 상식이지?"

"거기서 의문이 생기는데, 저희가 쓰는 마법 중에 정령의 속성에 해당되지 않는 마법이 몇 가지 있지 않나요?"

"……정령의 속성에 해당되지 않는 마법이요?"

샤르네가 고개를 갸웃하며 중얼거렸고, 나블 군이 입가를 손으로 가리고서 생각에 잠겼다.

"속성이 없는 마법을 말하는 건가?"

"아~ 신체 강화라든가 마력 칼날은 속성이 없긴 하죠. 듣고 보니 확실히 그런 마법이 있네요."

갓군이 팔짱을 끼며 말했다. 그걸 들은 하르피스가 살며시 한숨을 쉬고서 다시 안경을 고쳐 썼다.

"—그럼 여러분은「속성이 없는」정령을 느끼실 수 있나요?"

……방이 쥐 죽은 듯 고요해졌다.

귀가 먹먹해질 정도로 조용한 가운데, 말을 꺼낸 사람은 토마스였다.

"……나는 귀족이 아니라서 모르는데, 정령은 속성이 있지 않나?"

"바로 그거야. 뭔가 다들 맹점이었던 것 같단 말이지."

나는 가볍게 말했지만, 새삼 지적받은 사람들은 충격인 것 같았다.

"……확실히 무속성 정령은 느낀 적이 없습니다."

"저도요."

"나도 그래……."

"듣고 보니 확실히 그렇네요."

"네. 마법을 쓸 수 있는 저희 귀족은 정령의 기운을 느낄 수 있어요. 하지만 그 정령 중에 무속성 정령은 존재하지 않아요."

정령은 원시 속성인 빛과 어둠, 4대 속성인 불, 바람, 땅, 물, 거기서 파생된 아종 등 아주 많이 존재한다고 한다.

하지만 그중에 무속성 정령은 없었다. 정령은 관장하는 속성이 있는 게 자연스러운 일이라고 유피도 말했었다.

"그럼 무속성 마법은 뭘까요? 아니스피아 전하께서 제창한 이론으로 말하면, 마법은 정령이 저희의 뜻을 받아 변화한 거예요. 하지만 무속성 정령을 느낄 수 없는데 속성이 없는 마법이 성립하고 있어요."

"……확실히 그렇군."

"하지만 신체 강화는 마법 아닌가요……? 마법…… 맞죠?"

나블 군이 크게 한숨을 쉬며 중얼거렸다. 그 옆에서 갓군이 점점 혼란스럽다는 듯 주위를 둘러보았다.

정도의 차이는 있겠지만, 이 이야기를 듣고 동요하지 않을 사람은 별로 없을 것이다. 동요하지 않은 사람은 전혀 모르겠다는 표정인 토마스와, 히죽거리며 모두의 반응을 살피고 있는 티르티뿐이었다.

마법을 쓸 수 있기에, 정령의 기운을 느끼는 게 당연하기에 간과해 버린 거겠지.

정령석도 무속성 정령석은 있지만, 무속성 정령은 존재하지 않는다. 이건 대체 어떻게 된 걸까? 다들 그런 의문에 도달했을 것이다.

"무속성 정령석은 본래의 속성이 사라진 것이라는 설이 있지만, 그럼 어째서 속성이 사라지는 현상이 발생하는 걸까요? 실제로 뭔가 다른 이유가 있는 게 아닐까, 하고 저는 생각했어요."

"그래서 마학 연구자인 나와, 정령 계약자인 유피의 생각을 듣고 싶다고 했어. 유피는 정령 계약자가 되면서 감각적으로 이해했는데, 이론으로 설명하려면 검증이 필요한 게 많아서……."

"그래서 발표는 안 했어요. 그러니 제가 지금부터 하는 얘기는 다른 데서 하지 말아 주세요."

그렇게 다짐을 받아 두고서 하르피스는 가볍게 헛기침하여 목을 가다듬었다.

"결론부터 말하자면, 저희가 무속성 마법으로 인식하고 있는 것은 어떤 법칙으로 분류하면 마법에 해당되지 않는 것이 돼요."

"어떤 법칙……?"

"그건 대체?"

“마법은 정령이 형태를 바꿔서 마법으로 출력되는 거죠. 하지만 무속성 정령은 확인되지 않았어요.”

“하지만 마법이긴 하잖아요?”

“마법이라고 생각하는 것일 뿐, 속성 마법과는 다른 분류에 속한다고 우리는 생각했어. 마법이긴 하지. 하지만 엄밀히 말하면 똑같은 마법은 아니야.”

하르피스의 설명을 보충하듯 나도 발언했다.

마법은 일단 마법사와 정령이 있어야 한다.

이 세계의 생물은 영혼에 정령을 내포하고 있다. 그것이 세계를 떠도는 정령과 공명하고 뜻을 받아서 마법이라는 형태로 변화한다.

그렇게 따지면 무속성 정령은 관측되지 않았으므로 무속성 마법도 성립될 수 없다.

“그럼 무속성 마법은 대체……?”

“그게 하르피스의 간략화 및 단순화 연구와 연결되는데, 요컨대 마나 블레이드를 비롯해 속성이 없는 마법은 정령을 변화시킨 게 아니라―「단순한 마력 조작 기술」인 거야.”

“……단순한 마력 조작?”

나블 군이 눈을 크게 뜨고서 멍하니 중얼거렸다.

아연해하는 사람은 나블 군뿐만이 아니었다. 특히나 충격받은 사람이 갓군이었다. 실눈이 크게 뜨여 있고, 벌어진 입도 다물어질 기색이 없었다.

"이걸 설명하려면 좀 복잡해진단 말이지."

"마법을 「정령을 자신의 의지로 변화시키는 현상」이라고 정의한다면 무속성 마법은 마법이 아니게 되지만, 동시에 「마법을 쓰지 못한다면 일으킬 수 없는 현상」이기도 하니까 마법인 것도 맞단 말이죠……."

"뭐, 뭐라고요? 확실히 헷갈리는 설명이긴 한데……."

나와 하르피스는 마주 보고서 함께 한숨을 쉬었다. 그걸 보고 갓군이 눈썹을 찡그리고서 끙끙거리는데 티르티가 불쑥 중얼거렸다.

"……아아, 과연. 그런 거구나. 이해했어."

"티르티 님, 방금 그 설명을 듣고 이해하신 거예요?!"

"우리가 마법이라고 생각하는 건 실은 종류가 두 가지였던 거야. 하나는 마력을 이용해 정령을 변화시켜서 발동하는 마법. 다른 하나는 마력 자체를 변화시켜서 발동하는 마법. 무속성 마법은 후자인 거지?"

"맞아. 그렇게 인식하면 돼."

대전제로, 일단 우리에게는 마력이 존재한다.

정령은 세계의 조각 같은 존재로, 귀족은 이 정령과 공명하고 교신해서 마법을 쓸 수 있다.

이게 일반적으로 마법으로 인식되는 것이다. 그러나 무속성 마법은 정령 자체를 변화시키는 게 아니라, 자신 안에 있는 마력 자체를 조작하는 것일 뿐이다.

그러니 무속성 마법은 「정령이 개입하지 않는 단순한 마법」이라고 해야 한다.

"성가신 얘기인데, 속성 마법을 못 쓴다면 무속성 마법도 쓸 수 없어."

"……저는 슬슬 한계예요. 누가 좀 알기 쉽게 해설해 주세요!"

"가크…… 너란 녀석은……."

"그럼 순서대로 설명해 나갈게요."

한계를 맞이한 갓군을 보고 나블 군이 평소처럼 머리를 부여잡았다.

그런 두 사람의 모습에 쓴웃음을 지으며 하르피스가 해설을 시작했다.

"티르티 님이 말씀하신 것처럼, 저희가 마법이라고 생각했던 건 엄밀히 말하면 두 가지로 나뉘어요. 두 가지 마법의 공통점은 마력을 조작하지 못한다면 쓸 수 없다는 거예요."

"마법을 쓸 수 있는가로 귀족과 평민이 나뉘는데, 이 마법이란 건 마력을 의식하고 조작할 수 있어야 쓸 수 있거든."

"이론상 평민이어도 마력을 조작할 줄 안다면 무속성 마법은 쓸 수 있을 거예요."

"네?! 그 말은 즉, 마도구가 없어도 마법을 쓸 수 있다는 거죠?!"

샤르네가 소스라치게 놀라며 큰 목소리로 외쳤다.

이 이야기를 하면 깜짝 놀랄 거라고 생각했지만, 반응이 아주 좋았다.

"응. 마력을 조작하게 된다면 말이야."

"마력을 조작할 줄 알아야 한다는 이 조건이, 속성 마법을 쓸 수 있어야 무속성 마법을 쓸 수 있다는 얘기와 이어지는 거구나."

"티르티 님, 즉 평민은 의식해서 마력을 조작하지 못하고, 귀족은 마법을 배우면서 마력을 조작하는 방법을 익혔기에 무속성 마법을 쓸 수 있다는 겁니까?"

"나는 그렇게 생각하는데, 나블 말이 맞아? 아니스 님."

"맞아. 마력을 조작할 수 있는 건, 팔레티아 왕국의 초대 국왕이 정령 계약을 이룬 영향이라고 추측하고 있어. 허가증 같은 거지."

"허가증이요?"

"정령 계약자의 자손인 왕후 귀족은 그 영혼에 정령과 교신할 수 있는 증명서가 있기에 마법을 쓸 수 있는 거고, 마법을 쓰면서 자연스럽게 마력을 의식적으로 조작하게 되는 거야."

"……그렇군, 순서가 반대인 건가! 마력 자체를 조작하는 무속성 마법은 정령이 필요 없지만, 애초에 마력을 조작하는 감각을 익히려면 속성 마법을 써야 하는 거야……!"

"응. 그래서 다들 당연한 일이라 이상하게 여기지 않고, 마법이긴 하니까 전부 뭉뚱그려서 똑같은 마법으로 분류해 버린 거겠지."

이건 정령 계약자인 유피조차 숨 쉬듯 자연스러운 일이라서 차이를 찾으려고 의식한 적도 없었다고 했다.

마법은 정령이 가져오는 것이라고만 생각했다면 평생 몰랐을지도 모른다. 하르피스가 연구를 진행했기에 의문을 가졌다고 할 수 있다.

"그래서 무속성 정령석은 정확히 말하면 마력 덩어리인 거고, 마력석이라고 불러야 할지도 몰라."

"……그건 또 논쟁을 지필 것 같은 얘기네."

티르티가 작게 중얼거렸다. 이 연구는 종교적인 부분도 건드릴 우려가 있었다.

그래서 섣불리 공표할 수 없다는 걸 하르피스도 알고 있었다. 그렇기에 개인적으로 진행하는 연구에 머문 거다.

"그래서 무속성 마법을 연습하면 마력 운용에 숙달되지 않을까 해요. 아직 검증 중이지만요……."

"아주 놀라운 얘기이긴 한데…… 이게 아니스피아 단장님이 하실 이야기의 전제인 거죠……?"

나블 군이 불안한 듯 나를 보며 물었다. 이에 내가 쓴웃음을 지으며 고개를 끄덕이자 다들 뭐라 말할 수 없는 표정으로 침묵했다.

그 침묵이 어색해서, 나는 분위기를 바꾸기 위해 입을 열었다.

“얘기가 좀 길어졌고, 차 마시며 한숨 돌릴까. 샤르네, 프리실라, 부탁해도 될까?”

“앗, 네! 바로 준비해 올게요!”

“다녀오겠습니다. 잠시 기다려 주시길.”

샤르네가 허둥지둥 대답했고, 정중하게 인사한 프리실라가 그 뒤를 쫓았다. 그 모습을 보던 티르티가 목을 울려 웃었다.

“진짜 아니스 님답다니까. 심심하지 않아.”

“사람을 희한한 짐승처럼 보지 말아 줄래?”

“가슴에 손을 얹고 스스로의 행동을 돌아본 다음에 항의해 줬으면 좋겠네.”

가볍게 콧방귀를 뀌며 말하는 티르티에게 아무런 대꾸도 할 수 없어서 나는 입술을 삐죽였다.

* * *

샤르네와 프리실라가 준비한 차로 한숨 돌린 후, 나는 이야기를 재개했다.

“아까 말한 하르피스의 연구 말인데, 검증이 부족해서 여론을 납득시킬 정도는 못 돼. 그래도 어느 정도 핵심을 짚었다는 전제로 이야기를 진행할게.”

“아니스피아 단장님, 하르피스의 연구와 마석의 이용법이 어떻게 연결되는지 아직도 모르겠습니다만……."

"그에 관해서는 좀 더 설명이 필요하니까 그 얘기를 할까. 하르피스가 마법의 간략화 및 단순화를 연구하면서 모두가 쓰는 마법이 사실은 두 종류라고 생각하게 됐어. 여기까지는 이해했어?"

"어, 어떻게든……."

머리가 아픈지 갓군이 눈썹을 찡그리고서 연약한 목소리로 중얼거렸다.

여기서 이야기를 멈출 수도 없기에, 나는 갓군을 신경 쓰면서도 설명을 계속했다.

"이 이야기에 비추어서, 나는 마력을 두 종류로 분류할 수 있다고 생각해."

"마력을요?"

"그래. 무속성 마법이든 속성 마법이든 마력으로 움직인다는 점은 같아. 차이는 정령과 결합되었는가. 색깔로 비유하면 무속성 마력은 무색이고, 속성 마력은 각각의 정령과 결합하며 색이 생긴 거지."

"아니스피아 전하. 왜 색깔로 비유하신 겁니까?"

"프리실라, 좋은 질문이야. 이게 바로 마석을 이용하기 위한 열쇠이기 때문이야."

"열쇠……?"

"지금까지 세간에 알려진 마석의 쓰임새는 없었어. 나야

특수한 방법을 써서 사용했지만, 조건이 너무 한정적이라서 세간에 공개할 만한 건 아니었어. 하지만 지금부터 설명할 방법이라면 가능성이 열려."

"그건 대체 어떤 방법입니까?"

"마석 개체가 고유한 마법을 쓰게 된다는 건 다들 알지? 그래서 나는 마석이란 건 마물이 정령을 흡수하여 변질시킨 정령석의 아종이라고 생각해."

"인공 마석도 그 발상으로 만들어진 거라고 할 수 있겠네."

"티르티 말이 맞아. 그건 정령석을 가공하여 특정한 마법이 발동되도록 변질시킨 거니까."

인공 마석을 만들게 된 것도, 레이니가 가진 뱀파이어의 마석에 축적된 지식과, 정령 계약자가 되어 마법에 대한 이해가 깊어진 유피가 있었기 때문이다.

특정한 마법이 발동되도록 정령석을 가공, 변질시키고, 그 마법을 출력하기 위한 적절한 외장을 준비한다.

왕천의는 그렇게 만들어진 거였다. 천연 마석도 똑같은 방식으로 운용할 수 있지만, 마석에 담긴 마법을 발동하기에 적절한 외장이 생물 매체라는 것이 문제였다.

지금은 안정제처럼 복약 중인 마약. 그걸 통한 신체 강화도 내 몸이라는 매체가 있기에 성립하는 거였다.

하지만 이해가 부족할 때 만들었고, 지금 보면 진짜로 난폭한 짓인지라, 몸에 주는 부담이 큰 것도 어쩔 수 없었다.

그 사실을 다시금 확인했을 때의 유피가 정말 무서웠지…….

“윽……! 떠올리고 싶지 않은 기억까지 무심코……!”

“괘, 괜찮으세요?”

“으, 응, 괜찮아. 연구에는 희생이 따르는 법이니까…….”

“희생……?”

“아, 아니, 아무것도 아니야. 하던 얘기로 돌아가서, 마석을 이용한 마법을 하르피스의 정의와 결부하여 제3의 마법이라고 정의했어.”

“제3의 마법이요. 구체적으로 어떻게 다른 겁니까?”

“순서대로 설명할게. 그림도 그려서.”

나는 이동식 칠판을 가져와 분필로 그림을 그려 나갔다.

“마법의 공통점은 마력으로 다양한 현상을 일으킨다는 거야. 제1의 마법은 마력 조작으로 일으키는 현상. 무속성 마법이지.”

나는 동그라미를 그리고 그 안에 「마력」이라고 적었다. 그 아래에 신체 강화와 마력 칼날을 묘사하고, 마력이라고 적은 원에서 화살표를 끌어왔다.

“제2의 마법은 모두가 잘 아는 대로 정령을 마력으로 변화시키는 속성 마법. 이건 마력과 정령이 결합된 상태라고 생각할 수 있어.”

나는 동그라미를 하나 더 그리고, 그 안에 똑같이 마력이라고 적었다.

제1의 마법

마력 자체를 조작,
변형시켜 다루는 마법

제2의 마법

마력을 정령과 공명시켜
정령 자체를 변화시키는 마법

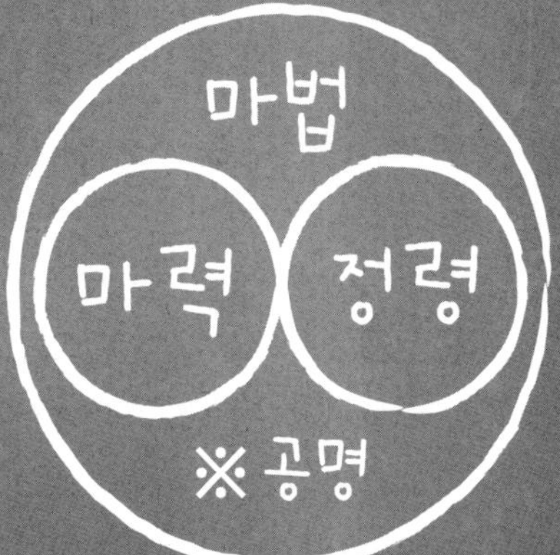

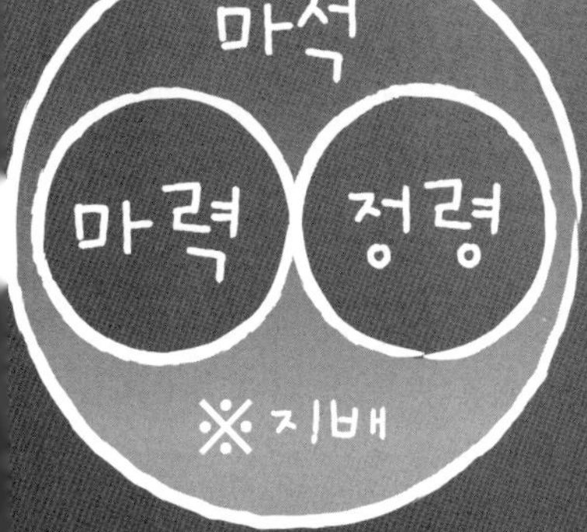

제3의 마법

정령을 지배하여
마석을 형성해
다루는 마법

그런 다음, 이번에는 그 옆에 「정령」이라고 적은 동그라미를 그리고, 두 동그라미를 포함하는 큰 원을 그려 「마법」이라고 적었다.

"마지막으로 제3의 마법은 마물의 독자적인 고유 마법이야. 그림은 제2의 마법과 똑같지만, 제3의 마법은 공명하는 게 아니라 지배한다는 점이 달라."

「마력」과 「정령」이라고 적은 동그라미를 하나씩 그리고, 그 둘을 포함하는 큰 원을 그렸다. 그리고 「마석」이라고 적었다.

제2의 마법에 적은 「정령」에는 「공명」.

제3의 마법에 적은 「정령」에는 「지배」.

각각에 주석을 달듯 적은 후 모두를 보았다.

"이렇게 도식화하니 이해하기 쉽네. 제1은 마력 자체를 조작하는 것. 제2는 정령과 마력이 결합하여 마법으로 바뀐 것. 제3은 마력과 결합한 정령 자체가 변질된 것. 맞아?"

"역시 티르티야. 빨리 이해하는구나."

"이래 봬도 아니스 님과 함께 마석을 연구했으니까. 이 정도는 알지."

내가 칭찬하자 티르티는 가볍게 콧방귀를 뀌었다. 칭찬할 맛이 안 났지만, 이렇게 빨리 이해하니까 그런 거기도 했다.

"마석을 다루기 어려운 것도 이 성질 변화 때문이야. 마석의 마법을 발동시키려면 적합한 매개체가 필요해."

"그게 바로 아니스피아 단장님이 말씀하신 생물 매체인

거군요.”

“맞아, 나블 군. 정령을 마법으로 변환하는 것 자체는 똑같다고 할 수 있지만, 마석에 흡수된 정령은 존재 자체가 변질되어 버리는 것 같아. 즉, 통상적인 방법으로는 당연히 마법을 쓸 수 없어.”

“정령이 다른 것으로 바뀌었다면 애초에 공명하지 않을 테니 말이지.”

“그런 거야.”

이 세계의 마법은 세계의 조각인 정령을 변화시키는 기술이라고 할 수 있다.

보통 귀족들이 쓰는 마법은 정령에게 소원하거나 기도를 올려서 정령이 마법으로 모습을 바꾸도록 하는 것이다.

반면 마석의 마법은 정령을 독자적인 모습으로 바꿔 버리는 전용 수법이다. 이걸 설명하자 나블 군이 침음을 흘렸다.

“……알아서 좋은 것도 같고, 알고 싶지 않았다는 마음도 들고, 반응하기 곤란하군요.”

“뭐, 마석이 되어 버리면 정령이 변질된다는 건 받아들이기 어렵지. 하지만 반대로 사람도 정령에 의해 변질돼.”

“네?! 그런가요?!”

“그렇게 변질되어 버린 게 정령 계약자니까.”

정령을 신앙하는 사람이라면 정령이 마물에 의해 변질되는 걸 받아들이지 못하겠지만, 나는 정령 계약자도 충분히 끔찍한 일이라고 생각한다.

정령은 이 세계 특유의 자연 현상이라고도 할 수 있다. 정령 계약자가 된다는 건 자연과 점차 일체화되는 것이라고 생각할 수도 있다.

그래서 정령 계약자의 영혼은 점차 담담해진다. 애초에 자연 현상에 「마음」 같은 건 필요 없으니까.

그래서 육체는 단순한 그릇이 되어 가고, 언젠가는 자아가 세계에 녹아들어 사라진다. 나는 그게 마석이 생기는 공정보다 좋은 것이라고는 도저히 생각할 수 없다. 결국 그게 그거다.

"마석만큼 급격한 변화는 아닐지언정, 사람의 마력도 영혼에 존재하는 정령의 영향을 받아 변질돼."

희귀자라고 불리는 나 같은 예외를 제외하면, 이 세계의 인간은 영혼에 정령을 내포하고 있다고 류미가 말했었다. 오랜 시간을 살아온 정령 계약자 류미가 한 말이니까 그건 사실일 것이다.

그리고 마물도 그건 마찬가지다. 마물은 힘을 추구하여 마석을 만들고 성장시키려고 한다. 아마 본능이지 않을까.

"마력이 정령의 영향으로 물드는 건가요……. 그래도 무속성 마법은 쓸 수 있는 거군요."

"나블 군, 무속성 마법을 얘기하는 데 있어서 중요한 건 「마력 조작으로 형태를 바꿨을 뿐」이라는 거야. 어떤 색을

띤 마력이든, 정령을 움직이고자 하는 의식이 없다면 무색 마력과 전혀 다를 게 없어."

"정령을 움직이게 하지 않는다면 마력에 속성이 있어도 단순한 마력일 뿐이라는 겁니까."

"맞아. 하지만 정령에 물든 마력이기에, 정령을 움직이게 해서 속성 마법으로 만드는 것도 간단한 거야. 이게 적성이 되는 거라고 생각해."

"흥미로운 얘기지만, 좀 탈선하지 않았어? 마법의 분류법 얘기도 좋지만, 본론은 마석으로 마도구를 만든다는 거였잖아?"

"아, 그랬지! 참, 이런 얘기를 하다 보면 설명하고 싶어진단 말이지……!"

티르티가 어이없다는 듯 지적해서, 나는 거의 까먹고 있던 본론을 떠올렸다.

"하던 얘기로 돌아가서, 마석을 이용하려면 마력 자체를 마석에 맞춘다는 방법이 있어."

"자신을 마물로 바꾸는 것 같네요……."

"그래도 아니스 님이 굳이 만들고 싶어 하는 걸 보면, 뭔가 안전한 방법을 생각해 낸 거지? 아니야?"

"맞아, 티르티. ……라고 말하고 싶지만, 그렇게 대단한 건 아니야. 실현할 수 있을지는 앞으로의 연구와 운에 달렸거든."

"운이요?"

샤르네가 의아해하며 고개를 갸웃했다. 방금 말한 대로, 마석을 이용한 마도구를 만들 수 있을지에는 운 요소가 크게 작용한다.

"마석의 양분이 되는 마력에 성질을 맞추는 건 불가능해도, 처음부터 성질이 맞는다면 변질시킬 필요도 없잖아? 뭐, 거의 운빨이지만!"

"……운이라니, 그게 정말 가능한 일입니까?"

내 말을 듣고 나블 군이 두통을 참듯 미간을 짚었다.

하지만 실제로 그렇게 말할 수밖에 없었다. 다들 각인문을 새기라고 할 수도 없는 노릇이고, 이것만큼은 「이론상으로는 불가능하지 않다」 수준의 얘기였다.

"하지만 만약 마석의 힘도 쓸 수 있다면 이용 방법이 늘어나고, 마석 개체를 해치우는 것도 더 큰 영예가 될 거야. 그러면 기사나 모험가들의 의욕이 높아질 거고, 전력을 올린다면 생존율도 높일 수 있잖아?"

"그건……."

"팔레티아 왕국은 아직 미개척지가 많고, 앞으로도 마물과 계속 싸울 거야. 그러니 마석으로 유용한 마도구를 만들 수 있다면 나는 추구하고 싶어."

"그거라면 인공 마석으로 만드는 마검만으로도 충분할 것 같은데."

"티르티 말도 맞긴 하지만. 그냥 아무것도 안 하고 있을 수가 없어서. 내가 전선에 나가는 일은 줄어들 테니까."

내게 새로 생긴 직함이 굴레처럼 여겨지기도 했다. 하지만 그렇기에 생각하게 된 것도 있었다.

"내가 전선에 선뜻 나설 수 없는 이상, 다른 누군가가 싸우게 돼. 그 사람들을 통솔하는 입장이 됐지만, 지켜 주고 싶고, 잃고 싶지 않아. 전선에 나가서 지킬 수 없다면 다른 방법으로 도울 수밖에 없어. 그렇다면 내가 할 수 있는 건 유용한 마도구를 발명하는 거니까."

"……뭐, 그러고 싶다면 마음대로 해. 어차피 유필리아 님도 인정한 거잖아?"

"유피한테는 이미 얘기했어. 할 만큼 했는데 성과가 안 나올지도 모르지만."

"……아니스 님은 충분히 잘하고 있어. 혼자서 전부 할 건 아니잖아. 이렇게 불렀으니 도와줄게."

"고마워, 토마스. 모두의 힘을 마음껏 빌릴 생각이니까 잘 부탁해!"

도움을 청하면 들어주는 사람들이 있다. 내 꿈을 도와주는 사람들이 행복을 느낄 때마다 눈물이 날 것 같다.

언젠가 좀 더 확실하게 받아들이게 되는 날이 올까. 그런 생각을 하며, 나는 의견을 내는 모두를 바라보았다.

*　*　*

의논을 끝내고 해산한 후, 나는 내 방으로 돌아왔다.

"오늘 수고 많았어, 샤르네, 프리실라. 이만 물러가도 돼."

"네, 오늘도 수고 많으셨습니다!"

함께 따라온 샤르네가 인사하고서 나가려고 했지만, 프리실라가 움직이려고 하지 않아서 의아한 듯 시선을 보냈다.

"프리실라? 무슨 문제 있어?"

"아니스피아 전하. 하나 여쭙고 싶은 게 있습니다. 시간을 내주실 수 있을까요?"

"그건 상관없는데."

프리실라는 나한테 뭘 물어보고 싶은 걸까. 질문하길 기다리고 있으니, 프리실라가 샤르네를 보았다. 아무래도 그녀가 자리를 피해 주길 원하는 것 같았다.

그걸 샤르네도 눈치챘는지, 조용히 인사하고서 방을 나갔다.

"굳이 단둘이 되어서 뭘 물어보고 싶은 걸까?"

다시금 프리실라에게 묻자, 지그시 나를 바라보았다.

그 눈을 본 나는 오한을 느꼈다. 평소에 프리실라는 무표정이라 무슨 생각을 하는지 알기 어려운데, 그런 그녀가 감정을 드러내고 있었다.

그 감정은 몹시 차가웠다. 예리한 칼 같았다.

"어째서입니까?"

"……뭐가?"
"이해할 수가 없습니다. 당신께서는 두려운 힘을 가지고 있습니다. 만약 제가 전하였다면 바랐을 일을 당신께서는 하지 않으시는 게 이상합니다."
"프리실라는 힘이 있다면 뭘 하고 싶었는데?"

"—복수."

나직이, 프리실라는 그렇게 중얼거렸다.
바닥이 보이지 않는 구덩이를 들여다본 듯한 어둡고 차가운 감정이 프리실라의 눈에서 느껴졌다.
갑자기 그런 감정을 내보여도 곤란했다. 왜 이제 와서 이런 질문을 하는 걸까? 그걸 밝히는 의도는 뭘까?
"……프리실라는 복수하고 싶었어?"
"저번에 가볍게 말씀드렸지만, 저는 부친과 사이가 나빴던 지라."
"그 정도로 아버지를 미워했어?"
"저에게 아비는 세계의 대부분을 차지한 부조리한 지배자였습니다. 그래서 아비뿐만 아니라 이 나라도 멸망해 버렸으면 좋겠다고 생각했습니다."
"……왜 갑자기 그런 생각을 밝히는 거야?"
"이상했으니까요. 제 처지도 좋진 않았지만, 전하의 환경은 더 혹독했겠죠. 그런데 복수할 생각을 안 하신 겁니까?"

복수. 재차 나온 말이 마음을 흔드는 것 같았다.

나는 숨을 고르기 위해 심호흡하고서 프리실라를 보았다. 프리실라는 감정이 얼어붙은 것처럼 차가운 표정을 짓고 있었다.

증오를 드러내는 사람을 지금껏 몇 명 봤지만, 이렇게 고요하고 싸늘하게 내보이는 사람은 처음이었다.

"……밉다고 생각한 적은 여러 번 있었어."

"그런데도 복수는 안 하신 거군요."

"응. 아바마마와 어마마마가 날 사랑해 줬으니까. 그래서 그만둘 수 있었어."

"그렇다면 선왕 부부가 이 나라를 구했다고 해도 과언이 아니군요."

"그건 역시 너무 거창한 말 아닐까?"

"정말 그렇게 생각하십니까?"

프리실라가 담담히 내게 물었다. 이에 나는 입을 다물고 말았다.

"전하께서 진심으로 팔레티아 왕국을 멸망시키고자 했다면 가능했으리라고 생각합니다만. 그러지 않으신 건 선왕 부부께서 아니스피아 전하를 사랑하셨기 때문 아닙니까?"

"그건 부정하지 않겠지만……."

"아주 멋진 일이지 않습니까. 전하에게는 복수해도 될 대의명분이 있었음에도 복수를 택하지 않으셨습니다. 게다가 이 나라를 더 좋게 만들려고 하시죠. 저는 믿을 수 없을 정도입니다."

"……믿을 수 없을 만큼 프리실라는 부모와 이 나라를 증오했구나."

"네. 그렇기에 유필리아 여왕 폐하를 경애하는 겁니다. 그리고 여왕 폐하께서 그렇게 행동하실 만한 미래의 가능성을 보여 준 아니스피아 전하도 진심으로 존경합니다."

오싹한 냉기가 사라지고, 무슨 생각을 하는지 알 수 없는 평소의 프리실라로 돌아왔다.

조금 전까지 아주 차가운 분위기를 풍기고 있었는데, 유피를 이야기하는 모습은 사람의 온기가 느껴졌다.

"저에게 유필리아 여왕 폐하는 신과 같은 분입니다. 정령 계약자라서 그런 것도, 왕이라서 그런 것도 아닙니다. 그저 폐하의 존재가 저에게 큰 구원이 되었습니다. 아아, 이 세계에는 아직 기도할 존재가 있구나, 하고요."

"……그랬구나."

"그래서 아니스피아 전하에게도 관심이 있었는데, 방금 그 얘기를 듣고 매우 만족했습니다."

정말 만족했다는 듯 프리실라는 고개를 끄덕였다.

프리실라는 나보고 이상하다고 했지만, 내가 보기에는 프리실라도 이상한 사람이라고 할까, 이해할 수 없는 사람이다.

프리실라를 이해하려면 좀 더 시간이 걸릴 것 같다.

"아비는 아니스피아 전하뿐만 아니라 선왕 폐하도 우습게 여겼습니다. 지금 생각해 보니 그거야말로 어리석은 태도였습니다만."

"그냥 결과적으로 볼 때 그런 거일 수도 있어."

"결과를 냈으니 그게 옳은 것 아닙니까?"

"옳기를 바라며 나아가고 있어. 내가 틀린 건 아닐까, 의심하면서 말이야. 자만심은 무서워."

"아비에게 꼭 전하고 싶은 말이군요."

"……프리실라가 미워하지 않아도 되는 나라로 만들게. 우리가 바꿀 거야. 그러니까 이상한 생각은 하지 마."

이상한 사람이라고 생각은 하지만, 나쁜 사람이라고 생각하진 않는다. 유능하고, 가능하다면 곁에 있어 줬으면 좋겠다.

그런 생각으로 말하자 프리실라는 얼떨떨해하는 표정을 지었다. 생각지 못한 곳에서 본연의 모습을 보게 된 것 같았다.

그리고서 프리실라는 힘이 빠진 부드러운 미소를 지었다.

"……그것참, 실로 모시는 보람이 있는 말이군요."

8장 강함의 방식

왕도에 돌아오고 사흘이 지났다. 그사이에 나는 인공 마석을 이용한 새로운 마검 연구와 양산을 티르티, 하르피스, 토마스에게 맡겼다.

그렇게 왕도에서 해야 할 일을 끝낸 후, 동료들과 함께 개척지로 돌아갔다.

"그런고로 드래거스 부단장! 한동안 우리는 마석 연구에 집중할 거니까, 긴급한 안건이 생기면 알려 줘!"

내가 호기롭게 말하자, 서류를 보며 집무 중이던 드래거스 부단장이 쓴웃음을 지었다.

"으음…… 아직 연구 설비는 충분히 갖춰지지 않았는데 괜찮으신 겁니까?"

"오히려 밖에서 하는 게 좋아서 공터를 빌릴 생각이야."

"알겠습니다. 실험이 잘되기를 기도하겠습니다."

"고마워. 참고로 내가 없는 동안 문제가 생기진 않았어?"

"아뇨. 특별히 아무런 문제도 없었습니다. 다만……."

"다만?"

"마물의 움직임이 조금 신경 쓰이는군요. 저희의 빈틈을 엿보고 있는지 자주 안 보이게 됐습니다. 근처를 떠난 거라면 안심일 텐데 흔적은 줄지 않았습니다. 어쩌면 소규모 스탬피드가 일어날 수도 있습니다."

"흠…… 소규모라고 해도 스탬피드인가. 지금의 전력으로 대응할 수 있겠어?"

"현재 예측되는 규모라면 가능합니다. 다만 마석 개체가 나타난다면 알 수 없기에 확실하게는 말할 수 없습니다."

"알았어. 그렇다면 경계를 강화해서 대응해. 아주 사소한 거라도 상관없으니까 이변이 생기면 알려 줘."

"알겠습니다."

흠, 솎아 내기가 순조롭게 진행된 탓에 마물의 경계심이 과하게 높아진 걸지도 모른다. 궁지에 몰리면 마물 간의 싸움이 활발해져서, 드래거스 부단장이 경계하는 마석 개체가 나타나게 된다.

"근데 마석 개체인가……. 새로운 마석을 손에 넣을 기회……?"

"무슨 불온한 말씀을 중얼거리시는 겁니까, 아니스피아 단장님……."

"아니, 아무 일도 안 일어난다면 그게 가장 좋긴 한데, 연구자로서는 그렇잖아?"

"……."

"……나블 군, 농담이야. 평화가 제일이지!"

나블 군이 어이없다는 눈으로 노려봐서, 나는 시선을 피하며 발언을 취소했다. 그런 내 태도를 보고 나블 군은 머리가 아프다는 듯 고개를 저었다.

“연구하고 싶어 하시는 마음은 이해하지만, 지금도 살짝 기가 질릴 정도로는 마석을 가지고 있으시니 새로 늘릴 필요는 없을 것 같습니다.”

“알고 있다니까, 미안! 지금 있는 마석을 효과적으로 활용할 방법을 생각하겠습니다~!”

나블 군이 말한 대로, 나는 꽤 많은 마석을 가지고 있다.

이번에 연구하기로 하면서 보관 중인 마석을 가져왔는데, 처음 그 수를 본 동료들은 살짝 질린 기색이었다.

대다수는 활용되지 못하고 한동안 묵힐 수밖에 없겠지만. 그만큼 마석을 다룰 수 있을 가능성은 낮다.

“그럼 검증하기 위해 바로 이동할까!”

나는 동료들을 데리고서 사람이 안 오는 공터로 갔다.

외벽과 조금 거리가 있는 탁 트인 곳으로, 작업 중인 사람들이 멀찍이 보이긴 하지만 근처에는 우리밖에 없었다. 거기서 마석을 보관 중인 케이스를 열었다.

“진짜 많네요…….”

“지금까지 단장님이 얼마나 많은 마물을 사냥한 걸까 생각하니 머리가 아픕니다…….”

케이스 안에 있는 마석을 보며 샤르네가 감탄했다.

그 옆에서 나블 군은 한숨을 쉬며 중얼거렸다. 최근에 자꾸 한숨만 쉬어서 행복이 달아날 것 같은 나블 군을 걱정하고 있으니 갓군이 어깨를 으쓱였다.

"나블 님, 아니스 님이니까 어쩔 수 없어요."

"어쩔 수 없다며 넘어가도 될 얘기는 아닐 텐데……."

"에이, 뭐 어때! 자, 그럼 마석이 반응하는지 실험할 건데, 조심해야 할 점이 있으니까 그에 관해 설명할게."

나는 의식적으로 기분을 전환하고 표정을 다잡았다. 지금부터 할 실험은 조심해야 했다. 안 그러면 무슨 일이 생겼을 때 대처할 수 없다.

그런 내 기색을 헤아렸는지 다들 표정이 엄숙해졌다. 이렇게나 진지하게 얘기를 들어 주다니, 정말로 고마운 사람들이다.

이 긴장감이 유지되는 동안 설명해 버리자.

"자신과 맞는 마석이 일찌감치 발견되진 않겠지만, 만약 마석이 반응해서 이상하다는 느낌이 들면 바로 손에서 놔. 최악에는 마석을 흡수하게 될지도 모르니까."

"마석을 흡수하는 건가요……. 무서운 얘기네요."

"가능성은 아주 낮겠지만, 충분히 조심해 줘."

"아, 알겠습니다!"

내가 그렇게 말하자 샤르네가 긴장한 듯 침을 꼴깍 삼키는 게 보였다. 그런 샤르네를 안심시키려고 나는 밝게 말했다.

"어디까지나 상상할 수 있는 최악의 경우지만 말이야. 가능성이 낮더라도 상정해 둬야 해. 정령석과 마석은 그만큼 달라."

"가능성은 어느 정도인가요?"

"음…… 자신과 완전히 똑같이 생긴 타인과 조우할 확률 정도?"

"……그건 쌍둥이가 아닌 이상 어렵지 않나요?"

"그 정도로 가능성이 낮다는 거야, 갓군. 다만 실제로 어떤지는 정보가 부족하니까, 지금부터 조사해 나갈 수밖에 없어."

"흐응~ 그런 건가요?"

"내 경험에 비추어 보면 그런 인상이려나? 마력 자체를 조사하는 연구는 팔레티아 왕국에서도 미흡해. 마력은 그저 마력일 뿐이라고 생각하는 사람이 많으니까."

갓군이 중얼거려서 나는 한숨을 쉬며 투덜거리고 말았다.

마력을 단순한 마력이라고 하는 건 간단하다. 하지만 마력에 차이가 있기에 잘 맞는 속성과 안 맞는 속성이란 적성이 존재하는 거였다.

좀 더 말하자면, 티르티처럼 마법을 사용할 시 심신이 병드는 사람도 있다. 뭉뚱그려서 마력이라고 하지만 실상이 해명된 건 아니다.

팔레티아 왕국에서 마법은 신비와 같고, 그렇기에 사물의 근본을 파헤치려는 의욕이 희미해지는 걸지도 모른다. 그건 어쩔 수 없는 일이다.

이 인식은 시간을 들여 천천히 바꿔 나가야 한다. 동시에 신앙의 대상이기에 너무 성급하게 진행하는 것도 좋지 않다.

그러니 안달 내지 말고 착실히 진행하는 게 가장 빠른 지름길이라고 믿자. 오늘 할 실험도 그걸 위한 한 걸음이다.

"아니스피아 단장님, 마석에 마력이 적합한지 아닌지는 바로 알 수 있습니까?"

"그것도 해 봐야 알 수 있으려나. 얼마나 마석의 힘을 끌어낼 수 있을지도 미지수야. 전혀 안 될 가능성도 있어."

"어려운 얘기군요……."

"기술이 진보하려면 꾸준한 시행착오가 중요해."

"그렇죠. 뭔가 조심할 것이나 의식해 둘 게 있습니까?"

"으음…… 그래. 정령석은 마법과 똑같이 사람의 뜻에 반응하고, 마력을 주입함으로써 힘을 발휘해. 정령석과 마석의 큰 차이는 의지가 깃들어 있는가야."

"의지가 있다면, 마석은 이 상태여도 살아 있다는 겁니까?"

조심스럽게 손을 든 프리실라가 물었다. 그 물음에 샤르네가 흠칫한 표정을 짓더니 마석과 한 발짝 더 거리를 뒀다.

"살아 있음을 어떻게 정의하느냐에 달렸지. 나는 살아 있는 건 아니라고 생각해. 잔류 사념이라고 하는 게 좋을지도 모르겠다."

"잔류 사념……."

“마물이 살기 위해 가혹한 환경에 적응한 끝에 생겨나는 게 마석이야. 그래서 마석에는 강한 의지, 사념이 깃드는 거라고 나는 생각해.”

내 안에 있는 드래곤의 마석을 생각하면 이 예상은 맞을 것이다.

완전히 내 것이 된 마석에서 이따금 지식이 흘러들 때가 있다. 답에 가까워지면 정답이라는 듯 떠오르는 정도로, 시행착오 중에는 아무런 도움도 안 되지만.

그럴 거면 처음부터 그 지식을 가르쳐 줬으면 좋겠는데, 아무리 염원해도 반응은 없었다. 그렇다면 드래곤의 의지가 안 남아 있거나, 심술을 부리는 것이거나 둘 중 하나다. 나는 무조건 심술이라고 생각하지만.

이 구조를 응용해서 태어난 게 뱀파이어일 것이다. 즉, 마석에는 의지가 깃든다고 생각하는 게 여러 가지로 앞뒤가 맞는다.

“그러니 마석의 힘을 손에 넣으려면 그 의지에 동조하거나 웃돌 필요가 있을 거야. 그럼으로써 마물은 마석을 자기 것으로 삼고 점점 강해지는 거지.”

“강한 의지인가요…….”

“제대로 된 물증이 있는 건 아니지만. 그걸 해명하는 게 우리의 역할이야! 그럼 열심히 실험해 볼까! 문제를 일으키지 않을 정도로만!”

"……좋은 말이라고 생각하는데, 그걸 아니스피아 단장님이 말씀하시니 왜 이렇게 불안한지."

"시끄러워, 나블 군."

우울하게 어깨를 떨구는 나블 군에게 태클을 걸면서, 나는 마석이 담긴 케이스를 들었다.

"자, 뭔가 끌리는 게 있으면 만져 봐. 이런 건 직감도 중요해."

"으으, 마석이라고 생각하니 만지는 것도 망설여지네요……. 아주 희귀한 거고."

내 설명을 듣고 완전히 소심해졌는지 샤르네가 슬그머니 또 한 발짝 물러났다.

"현시점에는 이용 가치가 별로 없으니까 그렇게 중요한 물건은 아니야. 명예의 증거로서는 가치가 높지만."

"명예의 증거인가요……."

"……응? 갓군?"

뭐지? 갓군이 평소와 달리 묘하게 진지한 태도로 마석을 바라보고 있었다.

그게 신경 쓰여서 갓군을 살피고 있으니, 그가 고개를 들었다.

"아니스 님, 그 마석도 가져오셨나요?"

"그 마석?"

"……필와하에서 만난 아인의 마석이요."

"……아아. 응, 있어. 이거야."

갓군이 진지한 태도를 보이는 이유를 알았다.

뱀파이어에게 쫓겨 반쯤 이형의 존재가 됐었던 아인 남성. 그런 그의 마지막을 지켜봤던 사람이 갓군이었다.

그가 남긴 마석을 가리키자, 갓군은 살며시 만져 보고서 손에 들었다. 그리고 마석을 햇빛에 비추듯 들어 올리며 나직이 중얼거렸다.

"……아니스 님이 말씀하신 것처럼 마석에 의지가 남는다면, 그 녀석이 무슨 생각을 했는지도 알 수 있을까요?"

"……글쎄, 어떨까. 확실하게 말할 수는 없어."

"조금 신경 쓰였을 뿐이에요. 시험 삼아 마력을 주입해 봐도 될까요?"

"그럼, 그럼."

내가 허락하자 갓군은 고개를 끄덕이고서 마석을 움켜쥐었다.

그렇게 한동안 침묵했지만 특별히 아무런 반응도 없었다. 갓군도 별 느낌이 안 왔는지 고개를 가로저었다.

"……안 되네요."

"으음~ 역시 아무런 반응이 없어?"

"반응이 없다고 할까, 마력이 안 들어간다고 할까, 역시 정령석에 마력을 넣는 것과는 느낌이 다르네요."

"그렇구나. 역시 단순히 마력을 주입하기만 해서는 안 되나……?"

“그 녀석은 어떤 마법을 썼었더라? 분명, 이렇게, 온몸에 불을 휘감는—.”

갓군이 뭐라 뭐라 중얼거리며 마석을 바라보는데, 마석이 희미하게 빛난 것 같았다. 잘못 봤나 싶었지만, 역시 은은하게 빛나고 있었다.

그걸 지적하려고 한 순간, 빛이 사라졌다. 그리고 곧이어 갓군의 손이 갑자기 발화했다.

“어?!”

“어이, 가크?!”

“소, 손이! 가크 씨의 손이?!”

“……응? 뭐, 뭔데요? 손이 왜?”

내가 깜짝 놀라고, 나블 군이 당황하고, 샤르네가 비명을 질렀다.

그렇게 우리가 반응하자, 뭔가 생각에 잠겨 있던 갓군이 허둥지둥 고개를 들었다.

그리고 자신의 손이 불에 휩싸여 있음을 보자마자 굳어 버렸다.

“우오오오오?! 이게 뭐야?!”

“가크, 마석을 놔!”

“아, 안 뜨거우세요?! 불타고 있어요!”

“그야 당연히 뜨겁……! 안 뜨겁잖아?! 뭐야, 이거! 어떻게 된 거야?!”

갓군이 소리를 지르며 손을 흔들었지만, 불꽃은 털어지지 않았다.

나블 군과 샤르네가 당황하여 소리를 질렀으나, 갓군도 완전히 당황해서 안 들리는 것 같았다.

"끄, 끄자! 일단 불을 꺼야 해!"

"실례하겠습니다, 가크 님."

하나같이 허둥거리는 가운데, 프리실라가 냉정히 갓군의 손에 물덩이를 맞혔다.

하지만 불꽃은 사라지지 않았고, 오히려 물덩이가 증발하듯 날아갔다. 그걸 본 프리실라의 눈이 크게 뜨였다.

"이건……."

"불이 안 꺼져……?!"

"아뇨, 그래도 기세는 약해졌어요!"

"그럼 한 번 더……."

"……아냐, 이제 괜찮아. 지금 끌게."

침착함을 되찾은 갓군이 한 번 더 마법을 쓰려는 프리실라를 제지했다. 그리고 그대로 크게 심호흡한 후, 천천히 눈을 감았다.

갓군에 손을 휘감은 불꽃의 기세가 약해지더니 이내 사그라졌다. 그 손이 전혀 화상을 입지 않아서 가슴을 쓸어내렸다.

"갓군, 괜찮아?"

"아, 네. 특별히 문제는 없어요."

"마석도 괜찮고?"

"네, 괜찮은 것 같아요."

갓군이 내게 마석을 보여 줬는데, 뭔가 바뀐 것 같지는 않았다.

안도하여 크게 한숨을 쉬고 이마를 닦았다. 땀이 났었는지 손등이 축축해졌다. 진짜 깜짝 놀랐네.

"가크, 대체 뭘 어떻게 한 거야? 어떻게 마석의 힘을 발동할 수 있었지?"

"아니, 그 아인이 어떤 식으로 마법을 썼는지 떠올리며 마력을 주입하니까, 뭔가 불이 붙어서……."

"그 아인의 힘을 재현했다는 거야?"

"그런 걸까요……?"

갓군도 잘 모르는지 고개를 갸웃했다. 나도 설마 이렇게 간단히 마석의 힘을 발휘하게 될 줄은 몰랐다.

"똑같은 일을 한 번 더 할 수 있겠어?"

"해 볼게요."

갓군이 다시 한번 마석을 움켜쥐며 의식을 집중했다.

잠시 끙끙거리자 또 마석이 은은하게 빛나기 시작했다. 그리고 마석을 쥔 갓군의 손에 불이 붙었다.

그 불은 갓군의 손을 태우지 않고 그저 일렁거렸다. 아주 신기한 불이었다.

"됐네요. ……근데 이거 꽤 힘든데요."

“힘들어?”

“평범하게 쓰는 마법보다 훨씬 쓰기 어렵다고 할까…… 굉장히 피곤하고, 자유롭게 구사할 수는 없을 것 같아요.”

“끌 수는 있어?”

“그건 여유롭죠.”

갓군이 그렇게 말하자 불꽃은 아무 일도 없었던 것처럼 간단히 사라졌다. 역시 갓군에 손에도 마석에도 이상은 없었다.

신기한 불이라는 생각은 들지만, 평범한 마법과는 뭔가 다른 건가?

“나는 마법을 못 써서 의문인데, 원래 그렇게 손에 직접 불을 휘감는 게 가능해?”

“아뇨, 몸에 직접 불을 휘감는 건 무서워서 못 해요…….”

“지팡이나 무기에 마법을 두르기는 하지만, 직접 몸에 휘감으려면 제어를 아주 잘해야 합니다.”

“하지만 마석의 힘을 쓴 갓군의 손은 틀림없이 불타고 있었지……?”

“불탔다고 할까, 불이 완전히 붙어 있었죠……?”

갓군이 신기하다는 듯 자신의 손을 바라보며 획획 뒤집었다.

몇 번을 봐도 갓군의 손은 화상 하나 없이 멀쩡했다. 대체 어떻게 된 건지 궁금해 죽을 것 같았다.

“애초에 갓군은 마법을 잘 못 쓴다고 했지?”

"그렇죠. 그래서 솔직히 그런 일을 해낸 게 놀라워요."

"나블 군, 미안한데 갓군처럼 발동할 수 있는지 한번 시도해 줄래?"

"알겠습니다."

나블 군이 갓군에게 마석을 받아 의식을 집중했다. 하지만 마석은 빛나지 않았고, 아무런 반응도 보이지 않았다.

한동안 집중하는 것 같던 나블 군이 고개를 가로저었다.

"……안 되는군요. 저는 아무런 반응도 없는 것 같습니다."

"그럼 이 마석에 반응하는 사람은 갓군뿐인 건가?"

"저도 시도해 볼까요?"

"그럼 저도."

나블 군에 이어 샤르네와 프리실라도 마석을 받아서 시도해 봤지만 반응은 없었다.

그래서 다시 갓군에게 마석을 발동해 보라고 했는데, 역시 갓군이 할 때는 반응을 보였다.

"틀림없이 갓군한테만 반응하네."

"왜 그런 걸까요?"

"으음……."

다들 고개를 갸웃하는 가운데, 나는 어느 정도 짐작이 갔다. 가능성은 크게 두 가지다.

하나는 단순히 마석과 갓군의 마력 상성이 좋았을 가능성.

다른 하나는, 그 아인은 마지막에 갓군과 뭔가 통한 것 같았으니까, 그 의지가 남아 있어서 나와 드래곤 같은 관계가 됐을 가능성.

어느 쪽이든 이상하진 않지만, 그걸 증명하기는 어려울 것 같았다. 마석에 의지가 남아 있다는 걸 어떻게 증명하면 좋을지는 내게도 고민스러운 문제다.

나는 드래곤의 마석을 체화하여 그 사념이 남아 있음을 느끼지만, 반드시 의사소통을 할 수 있는 것도 아니고, 대화도 불가능하다.

결국 다른 사람에게 증명하기는 어려웠다. 이걸 해결하려면 아무래도 시간이 걸릴 것이다. 그보다도 중요한 건…….

"아니스 님."

생각에 집중하고 있는데 갓군이 나를 불렀다. 갓군은 아주 진지한 표정으로 나를 보고 있었다.

"이 마석을 마도구로 만드실 거죠? 그러면……."

"그렇지. 갓군이 쓰게 될 거야."

"……그런가요."

갓군은 크게 한숨을 쉬고서, 움켜쥔 마석으로 시선을 내렸다.

평소에는 실눈 상태인 눈을 제대로 뜬 갓군이 무슨 생각을 하고 있는지 그 심정은 분명치 않지만, 매우 깊은 생각에 잠겨 있다는 건 알 수 있었다.

"……무서워졌어?"

"아뇨, 송구스럽다는 생각은 들지만, 단순히 무서운 건 아니에요. 다만……."

"다만?"

"저는 그 아인의 마지막 모습을 잊을 수가 없어요. 그렇기에 이 힘을 제가 맡는 것에 생각이 깊어진다고 할까…… 어중간하게 굴 수 없겠구나 싶어서요."

담담히 중얼거린 갓군은 평소와는 딴판으로 차분했다.

그 모습은 마치 고요하지만 확실하게 타오르는 불꽃 같았다. 세차게 타오르지는 않지만, 밤의 어둠을 비추는 확실한 등불처럼 안심이 됐다.

신기하게도 지금의 갓군을 보고 있으니 불안하지 않았다. 그렇기에 나도 자연스럽게 미소 지으며 가볍게 어깨를 두드렸다.

"갓군이라면 분명 그 힘을 잘 구사하게 될 거야. 지금의 너를 보고 그렇게 확신할 수 있었어."

"아니스 님."

"분명 갓군은 내가 드래곤에게 느꼈던 것과 비슷한 느낌을 받고 있는 거겠지. 그들의 생명을, 존재 자체를 맡는다는 건 그런 걸지도 몰라. 그렇게 생각하면 정신이 바짝 드니까."

생각해 보면 드래곤도 나에게 맡긴 걸지도 모른다.

죽어서도 남길 수 있는 게 있다면. 자신이 살아온 일생을 형태로 남길 수 있다면.

사람과는 다르지만, 그건 계승의 한 가지 형태일지도 모른다. 자기 자신이라고 해도 과언이 아닌 마석을 타인에게 내주는 것. 그것 또한 생명 연쇄의 일종이라고 생각하면 말도 안 되는 일은 아니다.

이 계승의 연쇄는 사람에 따라 축복이 될 수도, 저주가 될 수도 있다.

그렇다면 이어받은 자로서 그것이 나쁜 방향으로 이어지지 않기를 바라고, 기도하며, 맡기는 것이 내가 할 수 있는 일이고, 이어 가야 할 일이다.

……거기까지 생각하자 문득 아크릴이 떠올랐다.

언젠가 아크릴과 했던 문답. 아크릴은 나와는 다른 사상을 가지고 있었다.

이 사고방식은 아크릴과 통하는 부분이 있다는 생각이 들었다. 생명의 연쇄, 살아가는 것, 죽어 가는 것, 어떻게 살고 어떻게 죽는가.

……잠깐만. 이건 아크릴과 한 번 더 제대로 얘기해 봐야 할지도 모르겠다. 나는 아인들에 관해 아직 잘 모르고, 아인들의 가치관을 더 자세히 알아야 한다.

혹시 마석을 마도구로 이용하는 것이 아인들의 금기를 건드린다면 재고해야 한다.

"아니스 님? 왜 그러세요?"

"미안, 시급히 확인하고 싶은 게 생겼어! 드래거스 부단장한테 보고하고 나가야겠어!"

"네?! 갑자기 무슨 말씀이십니까?! 나간다니 어디로?!"

"변방에! 아르 군한테 가서 확인하고 싶은 게 있어!"

"네에에에에?!"

나블 군이 아연실색했지만, 왜 나는 이 생각을 바로 떠올리지 못한 걸까! 드래곤의 마석이라든가 기타 등등을 지금까지 자유롭게 이용했기 때문이겠지!

그리고 마석을 이용하는 데 저항감이 없다면, 아크릴한테 뭔가 참고할 만한 의견을 들을 수 있을지도 모른다. 응, 이건 계획을 진행하기 위해 중요한 일이다!

"잠시만 기다려 주십시오, 아니스피아 단장님―!!"

* * *

"누님은 미리 기별을 준다는 상식이 없어? 자신의 입장에 자각이 없다는 건 알고 있었지만, 그 엉뚱한 행동에 휘말리는 사람이 얼마나 고생하는지 생각할 상상력조차 부족한 거야? 아니지, 할 수 있겠지. 하지 않을 뿐. 그렇지?"

"그, 그러니까 미안하다고 하잖아……."

"……아주 민폐야."

"미안하다니까!"

시급히 아크릴을 봐야겠다는 생각에 허둥지둥 뛰쳐나온

우리는 에어드라와 에어바이크로 변방에 왔다.

그렇게 재회한 두 사람에게 기나긴 잔소리를 듣고 있었다.

같이 따라와 준 동료들은 나를 도와주지도 않고, 휘말리기 싫다는 것처럼 시선을 피하고 있었다.

"누님. 나는 지금 매우 바빠. 짧게 용건을 말해 줘."

아르 군은 언짢음을 숨기려 하지도 않고 그렇게 말했다.

아니, 확실히 아르 군이 바쁜 건 나도 안다. 남작 지위를 받아 변방 개척을 선도하고 있으니, 입장만 보면 지금의 나와 비슷하다고 할 수도 있고 말이지. 다만 생각난 건 바로 확인해야 해서 어쩔 수 없었어…….

"그게, 아크릴을 보러 온 거라서, 자리를 비켜 주면 안 될까……?"

"아크릴의 입장은 복잡하지만, 생각하기에 따라서는 귀빈이고, 리칸트족의 대표야. 그런 사람과 누님이 문제를 일으키면 어떻게 될지……."

"폐, 폐는 안 끼칠 거야……."

"지금 끼치고 있잖아? 신용이 안 가."

"으으……!"

아크릴마저 무자비하게 내 의견을 묵살했다. 내가 잘못했다는 건 안다. 알지만 울적해졌다.

"아르가르드 님, 폐를 끼쳐서 정말 죄송합니다. 좀 더 주의해 달라고 저희도 일러두겠습니다."

"누님을 보좌하는 것도 힘들겠어, 나블……."

"……하하하."

진심으로 동정한다는 듯 아르 군이 말하자, 나블 군이 공허한 눈으로 웃었다.

그런 와중에 모두의 뾰족한 시선이 내게 박혀서 어깨를 움츠리고 말았다.

그 분위기를 끝내고자 했는지 아르 군이 가볍게 헛기침했다.

"크흠…… 그래서 누님. 결국 무슨 일로 온 거야?"

"어어, 실은 새로운 마도구를 연구 중인데, 마석을 소재로 쓰려고 하거든. 아인이 그걸 어떻게 볼지 신경 쓰여서……."

"마석을?"

아크릴은 내 얘기를 듣고 어리둥절한 표정을 지었다. 정말 이상하다고 말하는 것 같은 표정이었다.

어라? 내가 생각했던 반응은 아니다. 생각지 못한 반응에 당황하면서도 나는 계속 말했다.

"내가 가지고 있는 마석은 마물한테서 모은 거지만, 실은 아인의 마석도 있어. 그걸 마도구에 쓸 수 있을 것 같은데, 그걸 이용해도 될지 궁금해서 아크릴의 의견을 듣고 싶었어."

"……아인의?"

"뱀파이어 소동 때 살짝 일이 있었거든. 절대 아인한테서 뺏은 건 아니고, 직접 내준 건데……."

"흐응~."

"……뭔가 반응이 되게 가볍네?"

"……그래?"

"아인에게 마석은 신체 일부니까, 도구로 쓰이는 건 싫지 않을까 싶었어."

"아아, 과연…… 그런 걱정을 한 거구나."

마침내 납득했다는 듯 아크릴이 표정을 풀었다.

"솔직히 새삼 묻는 것도 놀랍다고 할까, 비겁한 방법으로 속였거나 억지로 죽여서 뺏은 거라면 역시 혐오하겠지만, 분명하게 직접 맡긴 거라면 신경 쓸 만한 일도 아니니까."

"그래?"

"아인에게 마석은 자기 자신 같은 거야. 소중한 것이기에, 그걸 맡겼다는 건 너희를 인정했다는 거야. 우리는 죽어 가는 자가 뒷일을 맡기는 자에게 자신의 마석을 주는 풍습이 있어."

"인정했다고……."

"마석은 힘의 원천이야. 그래서 죽기 직전에 믿을 수 있는 사람이 있다면 그 사람에게 자신의 마석을 맡기는 거야. 줄 사람이 없다면 자연으로 돌아가지만, 가족이나 자신이 인정한 상대에게 사후의 마석을 맡기는 건 평범한 일이야."

"……그렇구나."

그건 아인 특유의 가치관일지도 모른다. 마석을 이어받아 태어나는 그들에게 마석은 힘의 원천이자 삶의 증거가 된다.

그걸 소중한 사람이나 자신이 인정한 상대에게 맡기는 건 이해 못 할 얘기는 아니었다.

"그럼 마석을 맡겼다는 건……."

"그런 거지. 아니스피아, 너희에게라면 맡겨도 좋겠다고 생각한 거야. 우리는 그렇게 생명을 계승해 나가. 그래서 마도구로 쓰고 싶다는 발상에는 놀랐지만, 그것도 계승하는 방법 중 하나라고 생각해."

"그런가……."

아크릴은 특별히 깊이 생각하지 않고 태연하게 말했다. 어떤 의미에서 사고방식은 나와 똑같으려나. 각자의 입장이 다를 뿐.

아인에게 마석은 자기 자신처럼 소중한 것이지만, 그렇기에 계승된다면 상관없는 거다. 방법이 무엇이든, 기피될 만한 일은 아니다.

생각보다 더 걱정했었는데, 이런 사고방식이라면 갓군에게 적합한 마석으로 마도구를 만드는 건 문제없을 것 같다.

"그나저나 마석을 이어받는 게 아니라 도구로 쓴다니 발상이 대단하네. 아무도 그런 생각은 못 했어."

"아무나 쓸 수 있는 건 아니니까 만인을 위한 방식은 아니지만. 공개할 만한 일도 아니라고 생각해. 지금은 괜찮겠지만, 앞으로 아인이 늘어나서 마석을 노리는 사람이 나올 수도 있으니까."

“그건 확실히 기분 나쁜 얘기지만…… 먼 미래 아니야? 팔레티아 왕국이 아인과 공존하는 것도 시간이 걸리잖아? 아직 취락도 못 찾았고. 설레발 같은데.”

“그야 아크릴을 알고 있으니까. 신경 쓰지 않을 순 없지.”

“……흐응.”

아크릴은 아주 미묘한 표정으로 성의 없이 대답했다. 내가 신경 쓰는 게 그렇게 석연찮은가…….

장래에는 올케가 될지도 모르니까 좀 더 친하게 지내고 싶은데.

“나는 남에게 도움이 된다면 어떤 형태로든 마석을 이용해도 된다고 생각해. 우리 아인의 관습과는 다르지만, 그것도 한 가지 형태겠지.”

“그렇구나. 그럼 겸사겸사 묻겠는데, 아크릴이 힘을 쓰는 방식을 물어봐도 돼? 마도구를 만드는 데 참고하고 싶어!”

“뭐어……?”

“그렇게 귀찮다는 얼굴 하지 말고! 부탁해! 응?!”

내가 애원하자 아크릴은 아주 싫다는 얼굴을 하고서 아르 군을 보았다.

아크릴의 시선을 받은 아르 군은 조용히 고개를 가로저었다.

그걸 보고 아크릴은 어깨를 축 떨궜다.

“……하아, 알았어. 빨리 끝내 줘.”

“고마워, 아크릴!”

"들러붙지 마! 성가셔!!"

그 후 나는 아크릴에게 리칸트와 아인의 풍습에 관해 꼬치꼬치 캐물었다.

날 상대해 준 아크릴은 기운이 쭉 빠진 모습이었지만, 이것도 미래를 위한 투자니까 용서해 줘!

* * *

"이야~ 참고가 되는 얘기를 아크릴한테 잔뜩 들을 수 있어서 좋았어!"

"……제발 좀 가라는 느낌으로 배웅하던데요."

"하하하…… 아하~ 다들 오늘 수고 많았어! 푹 쉬어!"

아크릴의 이야기를 다 들은 후, 우리는 도시 건설 예정지로 후딱 돌아왔다.

이런 강행군도 비행용 마도구가 있기에 가능해진 거였다. 아르 군과 아크릴에게는 폐를 끼쳤지만, 기술이 발전하려면 고생이 따르는 법이다!

……다음에 아크릴한테 감사와 사과를 겸한 선물을 해야겠다. 미움받고 싶지는 않으니까!

"오늘 함께해 줘서 고마워! 내일부터 또 잘 부탁해!"

얼버무리듯이 해산을 선언하자 다들 제각기 떠나갔다. 그걸 지켜본 나도 내 방으로 돌아가려는데 한 사람이 멈춰 서 있는 게 보였다.

"갓군? 왜 그래?"

"아니스 님."

말을 걸자 갓군이 돌아보았다. 평소와 같은 밝은 모습이 아니라 뭔가 고민하고 있는 것 같았다.

별일도 다 있다고 생각하면서도 조금 걱정이 되었다.

"뭔가 고민이 있는 거라면 들어 줄게."

"아뇨…… 고민이라고 할까……."

갓군은 어물거리기만 하고 확실하게 말하지 않았다. 추궁하는 건 간단하지만, 왠지 지금 갓군을 다그치면 안 될 것 같았다.

나는 갓군이 말하기를 묵묵히 기다렸다. 한동안 끙끙거리던 갓군은 체념한 것처럼 입을 열었다.

"……요즘, 뭔가 자신이 한심하게 느껴져서요."

"뭐? 왜 또 그런 생각을 했어?"

"아니스 님은 마학 도시를 건설한다는 얘기가 나온 뒤로 바빠지셨잖아요? 아니스 님뿐만이 아니라 하르피스와 나블 님도……."

"그건 그렇지."

"……그 두 사람은 자신이 할 수 있는 일로 아니스 님을 도우려고 하잖아요. 하지만 저는 두 사람처럼 뭔가 할 수 있는 일이 많지 않아서……."

"갓군은 갓군의 일을 다하고 있어. 그렇게 비하할 필요는 없을 것 같은데."

"저도 자격지심을 가져 봤자 의미가 없다는 것 정도는 알아요. 실제로 별로 신경 쓰지 않고 지냈어요. 하지만……."

갓군은 내게서 시선을 돌리더니 이곳이 아닌 어딘가 먼 곳을 바라보는 듯한 눈빛이 되었다. 살짝 뜨인 눈은 대체 무엇을 보려고 하는 걸까.

갓군의 입이 다시 무거워졌고, 그에 따라 분위기도 무거워졌다. 그걸 견디지 못한 것은 내가 아니라 갓군인 것 같았다.

"필사적인 마음이 부족한 게 아닐까, 전혀 노력을 안 하는 게 아닐까, 하는 생각이 들어서."

"……왜 그렇게 생각하게 됐어?"

"아니스 님은 그 아인의 마석을 마도구로 만드실 거죠……?"

"응. 가능하면 마력이 적합한 갓군한테 써 달라고 하고 싶은데."

"제가 그 마석을 맡을 자격이 있나, 알 수 없어졌어요. 저는 다른 사람들처럼 훌륭한 일을 하고 있지도 않으니까……."

"……아크릴한테 아인들의 얘기를 들어서 그래?"

내가 묻자 갓군은 조용히 고개를 끄덕였다. 움켜쥔 주먹이 살짝 떨리고 있었다.

갓군의 대답을 듣고 나는 어떻게 말할지 고민했다. 왜 그런 생각을 하게 됐는지, 그 마음을 조금 알 것 같았으니까.

타인과 자신을 비교해 봤자 소용없을 때도 있다. 너무 의식해도 나 자신을 놓치게 된다.

갓군은 지금 그런 사고의 늪에 빠질 것처럼 위태로워 보였다.

그렇기에 말을 골라야 했다. 갓군이 오해하지 않도록, 제대로 전하기 위해. 갓군을 이대로 내버려 둘 수 없고, 그렇기에 진지하게 생각했다.

"갓군은 필사적으로 굴지 못하는 자신이 문제라고 생각해?"

"네?"

"안달 내는 마음도 중요하지. 하지만 초조함에 사로잡혀서 잘못된 행동을 하면 전부 물거품이 될지도 몰라. 나는 필사적으로 구는 게 반드시 좋은 일이라고 생각하진 않아."

"……."

"잘 모르겠어?"

"……네."

"나쁜 의미는 아닌데, 갓군은 확실히 정말 필사적으로 행동한 적이 없을지도 몰라. 나와는 달리."

"아니스 님?"

"초조하고, 분하고, 슬프고, 밉고, 그래도 발버둥 치지 않으면 익사할 듯한 현실이 줄곧 계속되는 것. 내가 생각하는 필사적인 나날은 그런 거야."

진심으로 바라는 것이 손에 들어오지 않는다. 되고 싶었던 이상적인 나 자신도 될 수 없다.

누구에게도 인정받지 못하고, 그래도 삶을 포기할 수 없어서.

끝없는 늪 속으로 가라앉는 것 같은 매일. 뭔가를 잡을 순 없지만, 그래도 고개를 들어야 했다.

그게 아니스피아 원 팔레티아가 살아온 인생이다.

"불행을 자랑하는 건 아닌데, 갓군이 내 처지를, 그로 인해 느꼈던 모든 것을 이해할 수는 없을 거야."

"……그건, 그렇죠."

"나는 항상 필사적이었고, 아크릴도 나와는 다른 혹독함 속에서 필사적이었을 거야. 살려면 혹독한 현실을 극복해야 했어. 그걸 당연하게 여기고 받아들여야 앞으로 나아갈 수 있었어. 아무리 싫어도 견뎌야 했어."

거기까지 말하고 입을 다문 나는 눈앞에 있는 갓군을 보았다.

갓군은 당황한 모습이었지만, 시선을 피하면 안 된다고 생각했는지 똑바로 나를 바라보았다.

"나는 뭐든 필사적으로 구는 게 좋다고 생각하진 않아. 그걸 정하는 건 나 자신이어야 해."

"자신이 정한다고요……."

"어떻게도 할 수 없는 현실을 받아들일 수밖에 없는 것과, 스스로 원해서 받아들이는 건 전혀 다른 얘기잖아?"

"……?! 아, 제가……!"

웃으면서 말했는데, 갓군은 뭔가를 헤아린 듯 깜짝 놀라더니 후회하는 표정을 지었다.

역시 마음을 쓰게 했다. 하지만 이 얘기를 언급하지 않으면 전하고 싶은 것을 전할 수 없었다.

"그런 말씀을 하시도록 만들어서 죄송합니다! 제 배려가 부족하여……!"

"그게 아니야, 갓군. 내가 말하고 싶은 건, 네가 되고 싶은 너 자신이 되면 된다는 거야."

내가 그렇게 말하자 갓군이 고개를 번쩍 들고 나를 보았다.

이 말은 나를 구원해 준 말이었다. 몇 년이나 줄곧 듣고 싶었던 말. 하지만 내게 주어지지 않을 거라며 포기했던 말.

"나는 지금까지 자유롭게 내 마음대로 살아왔어. 하지만 내게 방종함이 허락되어서 그랬던 건 아니야. 성실하게 왕녀로 살았다면 더 괴로웠을지도 몰라. 그래도 왕족으로서 책임을 짊어져야 했던 걸지도 모르지만."

만약 포기하지 않고 계속 왕녀로서 행동하고자 했다면 나는 어떻게 됐을까.

그걸 나는 견딜 수 있었을까. 왕녀로 있으려고 할수록 마법을 못 쓴다는 결점이 발목을 잡는다.

아직도 마음 한편에 의심이 있다. 나 자신도 타인도 간단히 믿을 수가 없다. 믿고 싶은데, 문득 떠올린 것처럼 의심하고 싶어진다.

그건 숨길 수 없는 내 약점이다. 그런 약점을 가진 채 지금보다도 왕녀로 있으려고 했다면 나는 망가졌을지도 모른다.

필사적으로 군다는 건 그런 거다. 나는 살고 싶었고, 꿈도 포기하기 싫었고, 사실은 인정받고 싶었고, 제대로 사랑받고 싶었다. 그저 그뿐이었다.

"택하고 싶은 게 아니라 택할 수밖에 없는. 그런 순간은 누구에게나 찾아오겠지만, 가능하면 자신이 바란 인생이었다고 말하고 싶잖아? 다들 저마다 이유가 있고, 자신만의 이유를 소중히 여겨도 된다고 생각해. 갓군의 인생은 갓군 거니까."

"제 인생은 제 것인가요……."

"응. 갓군뿐만 아니라 하르피스와 나블 군, 샤르네, 프리실라, 나와 상종해 주는 사람들은 특히나 자신이 생각하는 대로 인생을 살았으면 해."

그게 내가 이루고자 하는, 내가 꿈꾼 미래다. 한정된 선택지 중에서 골라야 하는 게 아니라, 스스로 원하는 걸 고를 수 있도록.

그런 자유로운 미래를 모두에게 주고 싶다. 그걸 누구보다도 바라고, 간단히 손에 넣을 수 없다는 걸 아니까.

"타인의 인생과 비교하고 싶어지는 건 평범한 일이야. 옆에 사람이 있으면 신경 쓰이니까. 하지만 그래서 자신을 잃고 안달 내기만 한다면 소중한 것을 놓칠지도 몰라. 갓군은 내 꿈을 응원해 줬으니까 그렇게 되지 않았으면 좋겠어."

"아니스 님……."

"운이 좋았을 뿐이라는 생각이 들 때도 있겠지. 하지만 운이 좋았을 때 기회를 잡을 수 있느냐 없느냐는 그때까지 얼마나 자신감을 키웠느냐에 달린 걸지도 몰라."

"자신감이요…… 귀가 따갑네요."

"하르피스도 나블 군도 아주 노력하고 있어. 간단히 따라잡을 수 없다는 건 알아. 하지만 갓군이 뒤떨어진다고 생각하진 않아."

"……새삼 그렇게 말씀해 주시니 뭔가 부끄럽네요."

갓군은 표정을 고르지 못하고 곤란해하다가 얼버무리듯 웃었다.

그런 그의 등을 세게 쳤다. 충격에 숨을 토한 갓군이 등을 문지르며 한심한 표정으로 나를 보았다.

"낙담하고 있을 시간 없어. 갓군은 마석을 이용한 마도구의 사용자가 될 거니까. 그건 나블 군도 하르피스도 할 수 없는 일이야."

"……당당하게 제 힘이라고 할 수가 없네요. 뭔가 빌려 쓰는 것 같아서."

"그렇다면 빌려 쓰는 거더라도 누구보다 잘 다루면 돼. 원주인이 양보하고 싶어질 만큼 말이야. 어때?"

"어떠냐니, 간단히 말씀하시는군요……."

갓군이 자기 머리를 벅벅 긁었다. 그리고서 고개를 들며 가볍게 몸을 젖히고 크게 숨을 내쉬었다.

자세를 되돌리며 나를 보았을 때, 갓군의 표정은 평소의 밝은 얼굴로 돌아와 있었다.

"한심하네요! 역시 뭔가 생각하는 건 제 성격에 안 맞아요! 앞뒤 생각 없이 그저 돌격하는 것! 그 수밖에 없어요!"

"그래야 갓군답지."

"수고를 끼쳐 드렸네요! 정말로 주눅 들어 있을 때가 아니죠!"

갓군은 양손으로 자신의 뺨을 찰싹 때렸다. 살짝 빨개진 뺨이 걱정됐지만, 평소의 갓군으로 돌아와서 한시름 놨다.

"아니스 님이라면 제가 고개 숙이고 있는 동안 안 보이는 곳까지 날아가 버리실 것 같으니까요."

"날 뭐라고 생각하는 거야? 그리고 내가 안 보인다고 해서 쫓아오길 포기하진 않을 거잖아?"

"저도 제법 근성 있고 끈질긴 편인지라!"

"그건 그래."

그렇게 말하고 우리는 함께 웃었다.

이제 괜찮으려나. 하르피스와 나블 군이 자신의 힘을 발휘할 곳을 찾은 것이 갓군의 고민을 키웠을 것이다. 그렇다면 갓군에게도 활약할 자리를 주면 좋을 텐데…….

"……잠깐만."

문득 뇌리를 스친 생각이 있었다.

드래거스 부단장에게 들은 마물 이야기와, 마석을 이용한 새로운 마검.

이 두 가지를 엮으면 일석이조 계획을 진행할 수 있지 않을까?

"아니스 님? 저기, 뭔가 생각나셨나요……?"

"……응! 잘 풀리면 여러 가지 문제가 단박에 해결될 아이디어가 생각났어! 내일 당장 모두에게 말하고 움직이기 시작해야겠어! 바빠질 거야!"

"……진짜 바빠질 것 같네."

"따라와 줄 거지?"

내가 그렇게 묻자, 갓군은 대담하게 씩 웃어 줬다.

9장 검, 그 손에 있으니

신도시를 건설하려는 곳은 일찍이 개척에 실패하여 왕가에 반환된 땅이었다. 오랫동안 사람의 손길이 닿지 않아서 마물이 판치는 곳이 무수히 많았다.

그중 하나인 숲, 그곳에 갑옷을 입은 기사들이 모여 있었다. 정렬한 그들 앞에 드래거스 부단장이 섰다.

“다들 경청하라! 아니스피아 단장님의 말씀이 있겠다!”

드래거스 부단장의 목소리가 낮게 울려 퍼졌다. 몸속까지 무겁게 울리는 듯한 위엄 있는 음성에 쓴웃음을 지을 뻔했다.

정렬한 기사들이 한층 더 등을 꼿꼿이 세우는 가운데, 나는 한 발짝 앞으로 나갔다. 양옆에는 갓군과 나블 군이 시립했다.

“다들 편하게 서.”

우선 그렇게 말했다. 그러자 기사들이 긴장을 유지하면서도 자세를 편하게 바꿨다.

내 지시에 사람이 움직이는 광경은 여전히 어색했다. 하지만 그런 소리를 하고 앉아 있을 수도 없는 입장이 됐다고, 몇 번이고 반복했던 확인 작업을 마음속으로 마쳤다.

“오늘의 임무는 평소의 마물 솎아 내기와 달라. 지금까지

와는 사정이 다르겠지만, 오늘의 성공이 내일로 이어진다고 생각하고 더욱 힘써 줬으면 해. 아아, 하지만 되도록 다치지 않게! 개척은 이제 막 시작됐으니까!"

마지막에 농담을 섞어 밝게 말하자 기사들의 표정이 조금 풀어졌다. 개중에는 웃음소리를 내는 사람도 있었다. 너무 긴장하는 것도 안 좋으니 말이지.

그렇게 분위기가 느슨해지자 드래거스 부단장이 짐짓 헛기침을 했다. 그 즉시 기사들이 긴장을 되찾아서, 편해졌을 터인 자세가 다시 돌아갔다.

"……내가 할 말은 이게 다야. 계속해서 지휘는 드래거스 부단장이 맡아 줘."

"알겠습니다. ―전원, 작전 개시! 신속히 행동하라! 팔레티아 왕국에 정령의 가호가 있기를!"

『팔레티아 왕국에 정령의 가호가 있기를!』

힘차게 선언한 후, 기사들은 빠르게 숲속으로 흩어졌다. 그걸 지켜본 드래거스 부단장이 깊이 한숨을 쉬었다.

"수고하셨습니다, 아니스피아 단장님."

"서로 익숙해지질 못하네? 드래거스 부단장."

"그래도 단장님과 비교하면 자랑거리라고는 나이 먹으며 쌓은 내공뿐이니까요. 이 정도는 소화해야지, 안 그러면 창피해서 이 자리에 못 있습니다."

주먹을 쥔 드래거스 부단장이 자신의 가슴을 두드리며 웃

었다.

하지만 금세 그 웃음을 거두고 숲을 보았다. 날카로운 시선은 보이지 않는 적을 찾고 있는 것 같았다.

"잘해 준다면 좋을 텐데요……."

"신중함을 잊지 않는다면 괜찮아. 그렇게 허술하게 훈련시키진 않았잖아?"

"물론입니다. 아니스피아 단장님께서 맡기신 기사들이니까요."

"……드래거스 부단장에게는 많은 도움을 받고 있어. 정말 고마워."

기사를 이끌고 지휘하는 건 솔직히 엄두가 안 난다. 그걸 대신해 주는 드래거스 부단장에게는 감사할 뿐이다.

다시금 감사를 전하자 드래거스 부단장은 고개를 가로저었다.

"고마워하지 않으셔도 됩니다. 이게 제 역할이니까요. 아니스피아 단장님께서 자신의 역할을 다해 주신다면 바라는 바입니다."

"그렇게 말해 주면 고맙지."

"그리고 사실 나잇값도 못 하고 가슴이 설렙니다."

내게서 시선을 뗀 드래거스 부단장이 내 옆에 서 있는 갓 군과 나블 군을 보았다.

두 사람은 오늘 매우 조용해서, 드래거스 부단장의 시선을 받고서도 입을 열지 않고 차렷 자세로 있었다.

"오늘을 기대했습니다. ─「신작 마검」의 실전 테스트를."

"아직 테스트 중이라서, 확실히 완성했다고 하려면 좀 더 시간이 걸리겠지만 말이지."

드래거스 부단장이 말한 대로, 우리가 숲에 온 것은 신형 마검을 실전에서 테스트해 보기 위해서였다.

마검의 개발 자체는 지금껏 축적해 온 노하우가 있어서 차질 없이 진행되었다.

그래서 드래거스 부단장이 걱정했던 마물의 동향 문제도 해결할 겸 실전에서 테스트해 보기로 한 거다.

이러면 마검의 성능을 확인할 수 있고 마물을 솎아 낼 수도 있어서 일석이조다. 뭐, 이유는 그게 다가 아니지만.

"갓군, 나블 군, 준비됐어?"

나는 옆에 있는 두 사람을 불렀다. 그러자 갓군이 먼저 입을 열었다.

평소보다 진지한 표정으로 침묵하던 갓군은 입을 열자마자 이렇게 말했다.

"……위가 쓰려요."

"그래서 아까부터 계속 그런 표정이었던 거야?!"

"긴장하지 않을 수가 없잖아요!"

당장에라도 머리를 부여잡을 것 같은 모습이었다. 그런 갓군을 보고 나블 군이 미간을 짚으며 깊디깊은 한숨을 쉬었다.

"가크, 그래서야 되겠어? 이건 연구실에도 기사단에도 중요한 작전이야."

"그래서 긴장하고 있는 것 아닙니까!"

"……긴장되는 건 이해하지만, 너무 꼴사나운 모습은 보이지 마. 다른 기사들이 우리를 위해 마물을 몰고 있으니까."

"알고 있지만……."

그랬다. 이번에 숲에 들어간 기사들의 목적은 마물을 토벌하는 게 아니라 마물을 이곳으로 유도하는 거였다.

갓군과 나블 군, 두 사람에게 준 신형 마검을 실전에서 쓰겠다고 마물을 일일이 찾아다니는 것보다는 솎아 내기도 겸하여 몰아오는 게 나았다.

"앞으로 마도구의 실전 테스트에는 이렇게 유도 지시를 내리는 일이 늘어날 거야. 이 방법이 잘 먹히면 좋겠는데."

"반드시 성공시키겠습니다."

내가 나직이 중얼거리자, 나블 군이 즉시 공손하게 인사했다.

갓군은 영문 모를 신음을 흘리며 몸을 비튼 후, 짝 소리가 날 만큼 세게 자신의 양쪽 뺨을 때렸다.

그렇게 기합을 들어갔는지 갓군의 분위기가 달라졌다.

"꼴사나운 모습을 보였습니다. 이제 괜찮습다."

"부담 가지지 않아도 돼. 만약 문제가 생기더라도 내가 있으니까."

"……그래서는 안 돼요."

갓군은 쓴웃음을 지은 후, 몸을 돌려 나를 정면으로 마주 보았다.

"—걸리적거리니까 물러나라, 라는 말은 이제 안 하시게 하고 싶으니까요. 아니스 님을 모시는 기사로서, 자랑스러운 제가 되고 싶은지라."

……아아, 하고. 나는 무심코 한숨을 쉬고 말았다.

필와하에서 뱀파이어와 싸웠을 때, 갓군에게 그렇게 말했던 것 같다. 그때 나는 모두를 지키고 싶어서 그렇게 말했다. 나만 할 수 있다고 생각해서.

하지만 그건 갓군을 모욕하는 것과도 같은 말이었다.

"그건 가크만의 생각은 아닙니다."

"나블 군."

"아니스피아 단장님, 당신께서 하실 수 있는 일은 아주 많습니다. 하지만 그 전부를 혼자 하실 수는 없습니다. 그렇기에 단장님의 수족이 될 수 있도록 저희는 결과를 내야 합니다. 그렇지? 가크."

"그렇죠, 나블 님."

두 사람은 서로 씩 웃으며 그렇게 말했다.

나를 모시는 기사로서 걸리적거린다는 말은 못 하게 하겠다. 그 말을 한 각오를 나는 제대로 이해할 수 있을까.

자신이 없다. 하지만 그런 소리는 할 수 없다. 두 사람이 그러고자 한다면 내가 할 수 있는 일은 정해져 있다.

"갓군, 나블 군. 나는 여기서 보고 있을 테니까 증명해 줘."

"네. 여기서 지켜봐 주세요."

"반드시 기대에 부응하겠습니다."

두 사람의 대답을 기다린 것처럼 날카로운 호각 소리가 울려 퍼졌다.

마물을 끌어내는 데 성공했음을 알리는 신호였다. 호각 소리를 들은 갓군과 나블 군이 각각 허리에 찬 검을 잡았다.

갓군이 든 검은 도신의 폭이 조금 넓고 두꺼우며 붉은 기가 도는 장검이었다. 칼코등이에 마석을 박아 투박한 인상을 줬다.

반면 나블 군이 든 검은 다소 얇실했다. 도신은 청록색으로 물들어 있었고, 호를 그리듯 굽어 있었다. 그리고 칼자루에는 갓군의 마검과 비슷하게 마석이 박혀 있었다.

각각의 색과 형태가 두 사람에게 딱 맞았다. 두 사람은 감각을 확인하듯 몇 번 검을 고쳐 쥔 후 앞을 보았다.

"가크, 할 수 있지?"

"물론이죠! 의욕은 충분합니다!"

"그럼 해볼까."

"알겠습니다!"

서로 기합을 부딪치듯 말을 주고받음과 동시에, 숲에 들어갔던 기사들이 뛰쳐나왔다. 그 뒤를 마물이— 그레이울프 무리가 쫓아왔다.

팔레티아 왕국에 다수 서식하는 마물, 그레이울프. 서식 범위가 넓고 번식력도 강하다. 어중간한 무기로는 그 가죽에 흠집도 내기 힘들다.

그런 그레이울프에게 쫓기고 있는 기사들은 땀을 흘리면서 때때로 견제 공격을 하며 우리 쪽으로 달려왔다.

곧 있으면 따라잡힐 것 같은 차에 기사들이 숨을 몰아쉬며 외쳤다.

"오래 기다리셨습니다!"

"뒷일은 잘 부탁드립니다!"

"나블 공, 가크 공! 토벌 개시!"

『오오!!』

드래거스 부단장이 지시하자 두 사람이 힘차게 답하고서 달려 나갔다.

마물을 유인해 온 기사들과 스쳐 지나가며 먼저 나블 군이 앞으로 나갔다.

나블 군은 그대로 기사들을 쫓아온 그레이울프 무리 앞에 서서 횡으로 검을 휘둘렀다.

"—쓸어 버려라."

다음 순간, 바람이 불었다. 나블 군이 휘두른 검의 궤적을 덧그리듯 바람 칼날이 생겨나, 쫓아온 그레이울프 몇 마리를 한꺼번에 양단했다.

나블 군이 한층 더 파고들어 검을 휘두르자, 다시 바람 칼날이 쉴 새 없이 날아갔다.

바람 칼날을 다루는 나블 군의 모습은 매우 훌륭해서, 그레이울프들이 차례차례 양단되거나, 발을 잘려 나뒹굴었다.

순식간에 그레이울프를 거의 다 정리한 나블 군은 숨 돌릴 시간도 아깝다는 것처럼 다음 사냥감에게 향했다.

"—인공 마석을 내장한 신형 마검「빈트」. 나블 군에게 잘 어울리네."

빈트는 인공 마석을 이용한 마검의 시작품 제1호로,「에어 커터」를 발동할 수 있는 마검이다.

이 마검과 나블 군의 상성이 매우 좋았다.

"아주 단순한 마법이지만…… 역시 마나 블레이드보다 더 잘 맞아!"

그레이울프가 등을 노리려고 했으나, 나블 군이 몸을 돌리며 베어 버렸다. 등에 눈이라도 달린 것 같은 움직임이었다.

마검에 쓸 마법으로 에어 커터를 고른 것은 사용 감각이 마나 블레이드와 비슷하며, 바람 속성 마법 중에서도 심플한 축에 속하기 때문이었다.

원래부터 바람 속성 마법을 잘 다루던 나블 군의 손에 잘 맞는지, 빈트를 들자 나블 군의 움직임이 매우 기민해졌다.

나블 군이라면 빈트가 없어도 똑같이 움직일 수 있겠지만, 빈트가 보조 역할을 하기에 마법의 발동 속도와 위력이 월등하게 뛰어났다.

마나 블레이드를 토대로 만들었기에 마력의 강약 조절로 자유롭게 크기와 위력을 제어할 수도 있었다.

그저 검을 휘두르기만 해도 바람 칼날을 날릴 수 있으니 실로 유용했다. 수를 갖춰서 늘어서기만 해도 원거리 공격이 가능해진다.

바람 속성 마법에 적성이 없는 사람이어도 어느 정도는 바람 칼날을 조종할 수 있지만, 바람 속성 마법을 쓸 줄 아는 사람이 들게 되면 가치는 더욱 올라간다.

그 은혜의 결과가, 작은 태풍이 된 것처럼 그레이울프를 베어 나가는 지금의 나블 군이었다.

마검에 마법 발동을 맡길 수 있기에, 자신의 마법으로 주위의 기척과 움직임을 읽어 미래를 예측한 것처럼 반격할 수 있었다.

이건 여담인데, 빈트의 동작을 테스트할 때부터 나블 군은 이 인공 마검을 마음에 들어 하여 틈만 나면 꺼내서 관리했고, 내게 마도구에 관해 질문하는 일도 늘었다.

"나블 님! 혼자서 전부 해치우시려고요?!"

"흥! 그럴 순 없겠지! 다음은 좌우에서 온다! 나는 오른쪽을 맡겠어!"

"그럼 왼쪽은 제가 맡겠습니다!"

한발 늦게 달려간 갓군에게 나블 군이 경고했다. 그 경고에 따라 나블 군과 갓군이 좌우로 나뉘었다.

각각이 향한 곳에서 기사들이 달려왔고, 뒤에 마물을 데리고 있었다. 나블 군이 향한 곳에서는 그레이울프가, 갓군이 향한 곳에서는 사람보다 키가 두 배는 더 클 것 같은 킬러베어가 나타났다.

"가크! 뒷일은 부탁한다—! 오늘 저녁은 곰 전골이다—!"

"선배! 사냥감이 너무 크지 않아요?!"

"나도 쫄았어! 얼른 도와줘—!"

"예이예이, 알겠습다요."

아는 사이인지, 킬러베어에게 쫓기고 있는 기사가 전력으로 달려가며 갓군에게 뒤를 맡겼다.

교대하듯 갓군이 킬러베어 앞에 섰고, 킬러베어는 방해된다는 듯 울부짖으며 갓군에게 흉악한 앞발을 휘둘렀다.

제대로 맞으면 그대로 납작해질 것 같은 일격이었다. 하지만 그 일격은 킬러베어의 팔이 회전하며 공중으로 날아가면서 무력화되었다.

그렇게 공중으로 날아간 팔은— 뒤늦게 생각났다는 것처럼 발화하여 활활 타올랐다.

자신의 팔이 불타며 땅에 떨어지자, 그제야 팔이 잘렸다는 사실을 인식한 듯 킬러베어가 울부짖었다.

"가……그아아아아아아아아아아아아아?!"

아파서 몸부림치면서도, 그 아픔이 분노로 전환되었는지 남은 팔로 갓군을 후려치려고 했다.

반면 갓군은 킬러베어가 안 보이는 것처럼 뭐라고 중얼거리고 있었다.

"……아니야. 이게 아니야……. 좀 더, 이런, 느낌인데. 지금이라면 할 수 있을 거라고. 이건가?"

눈을 한 번 깜빡이고 나니 갓군이 검을 위로 그은 뒤였다.

갓군을 후려치려고 했던 팔은 반대쪽 팔과 마찬가지로 허공을 날았고, 이번에는 발화하지 않고 땅에 떨어졌다.

살 타는 냄새가 불현듯 코를 찔렀다. 방금 갓군이 자른 팔의 단면이 탄 것처럼 짓물러 있었다.

이번에야말로 무슨 일이 일어났는지 모르겠다는 듯 멍하니 선 킬러베어에게, 갓군은 탈력한 듯한 자세로 검을 휘둘렀다.

다음 순간, 킬러베어의 머리와 몸통이 분리되었다. 머리가 땅에 툭 떨어지자, 몸통도 생각났다는 듯 쓰러졌다.

거구가 쓰러지는 소리가 울리는 가운데, 갓군은 킬러베어를 신경 쓰지도 않았다.

"—좋아, 이거네."

"우오오오! 가크 발견! 거의 다 왔다. 다들 달려, 달려!!"

갓군이 만족스럽게 고개를 끄덕이니 재차 기사들이 숲속에서 달려왔다. 이번에는 이쪽도 그레이울프였다.

기사들이 갓군 옆을 지나가자 갓군이 든 붉은 마검의 도신이 일렁였다. 그 일렁임을 눈으로 좇고 있으니 갓군이 움직였다.

앞장서서 기사들을 뒤쫓던 그레이울프를 베어 버리자, 그레이울프가 공중에서 양단되며 발화했다.

선두에 있던 동료가 양단되고 불타기까지 하는 광경에 후속 무리가 발을 멈췄다.

그 틈에 거리를 좁힌 갓군은 그레이울프 사이를 통과하듯 지나간 뒤 멈춰 섰다.

갓군이 움직임을 멈춘 순간, 그레이울프들이 차례차례 발화하며 쓰러졌다.

자세히 보니 갓군이 든 검은 불에 넣기라도 한 것처럼 빨갛게 달궈져 있었다. 아까 도신이 일렁인 것도 이 때문이리라.

현재로서는 갓군 전용인 「천연 마석」을 이용한 마검 시작품.

"—「플람제레」. 아주 날아다니네, 갓군."

필와하에서 우리에게 마석을 맡긴 아인의 마석으로 만든 마검. 그 마력이 가진 힘은 고열의 불꽃을 도신에 두르는 것이다.

그 검으로 가하는 일격은 방금 본 대로. 대상을 「태워서 자르는」 것에 특화된 이 마검은 마나 블레이드로 축적한 노하우를 기반으로 하면서도 절단하는 쪽으로는 몇 배를 앞선다고 해도 과언이 아니었다.

그 마석은 갓군에게만 반응했고, 그렇다면 검도 갓군에게 맞추자며 토마스가 만든 혼신의 일품이었다.

갓군에게 부족했던 공격력을 플람제레로 보완하게 된 것이 주요했다. 솔직히 나도 플람제레를 든 갓군과는 검을 맞대고 싶지 않다.

"가크! 다음 접적까지 30초! 아주 커!"

"나블 님! 왜 저한테만 큰 걸 주시는 건가요!"

"적재적소잖아! 돌아온 자들은 태세를 가다듬고 다음 공격에 대비해!"

"사람을 험하게 쓰신다고요!"

나블 군은 빈트를 쓰면서 주위를 살필 여유가 생겼고 시야가 넓어졌다.

갓군은 플람제레를 쓰면서 막대한 공격력을 자랑하게 되어, 공격 범위에 들어오기만 한다면 웬만한 마물은 일격에 해치우게 되었다.

그 효과가 얼마나 큰지는 눈앞의 광경이 증명했다. 마물을 유인해 온 기사들을 나블 군이 수습하여 태세를 가다듬었다.

갓군은 해치우기 어려운 마물에게 솔선해서 돌격하여 거의 단박에 목을 베고 있었다.

검이 불꽃 때문에 일렁거려서 그렇기도 하겠지만, 아지랑이처럼 일렁이며 마물에게 향하는 모습이 실로 눈에 띄었다.

"……강해졌네."

차례차례 마물을 쓰러뜨리는 갓군과 나블 군의 뒷모습을 바라보며 나는 그렇게 중얼거리고 말았다.

기쁜 일일 터다. 두 사람이 활약하고 있고, 내가 고안한 마검이 유용성을 보여 주고 있으니까.

하지만 뭔가 마음이 싱숭생숭했다. 기쁠 텐데, 뭔가 답답한 마음이 가슴을 채우고 있었다. 술렁거리는 위화감이 등골에 남아서 무심코 뛰쳐나가 버리고 싶어졌다.

"감질나시나요, 아니스피아 단장님."

"드래거스 부단장."

내 등을 가볍게 두드린 드래거스 부단장이 빙그레 웃었다.

나를 향했던 시선은 싸우고 있는 기사들에게로 곧장 돌아갔지만, 온화한 미소는 여전했다. 기사들을 지켜보고 있다는 것이 그 표정으로 확실하게 전해졌다.

"……드래거스 부단장은 침착하네."

"나이를 먹은 만큼 쌓은 경험이 있으니까요."

"나는 글렀어. 마음이 어수선해. 아무래도 뛰쳐나가고 싶어져."

"걱정되시는 거죠? 기사들이."

"……이러면 안 된다고 생각은 해."

변명하듯이 나는 중얼거렸다.

나는 본래 왕녀고, 좀 더 말하자면 지금은 기사단장이다. 신분이 높은 자가 간단히 전선에 나서는 건 이상한 일이라는 걸 상식으로서 알고는 있다.

하지만 나는 오랫동안 왕녀 취급을 받지 못했다. 모험가가 되어 싸움에 뛰어드는 것이 당연했다. 그렇게 살아온 감각이 아직 가시지 않았다.

하지만 내가 마음대로 행동해 버리면 저들의 역할을 뺏게 될 것이다. 그걸 모욕으로 느낄지도 모른다. 그러니 나는 앞으로 나서면 안 된다.

알고 있다. 알고 있을 터다. 하지만 뒤에서 보고 있는 건 성미에 안 맞았다.

"—하하하! 역시 아니스피아 단장님은 젊으시군요."

"……웃다니 너무해."

"실례했습니다. 예전의 제가 생각나서 말입니다."

"……예전의 드래거스 부단장?"

"티리스를 잃은 후, 저도 까칠해졌었거든요."

드래거스 부단장이 꺼낸 티리스라는 이름에 무심코 반응하고 말았다.

이미 죽어 버린 드래거스 부단장의 연인이자 레이니의 엄

마. 뱀파이어임을 숨기고서 팔레티아 왕국에 건너왔던 사람.

드래거스 부단장이 레이니를 매우 아끼는 걸 보면, 티리스는 그에게 소중한 사람이었으리라.

“정말 여러 가지 일이 있었습니다. 혼자서 거듭 무모한 짓을 하고, 더는 동료를 잃고 싶지 않아서 무리하고, 결과적으로 동료를 화나게 하고. 이야~ 정말 젊었죠.”

“……드래거스 부단장한테는 내가 그렇게 보인다는 거야?”

“그렇죠. 목표, 신념, 긍지, 그런 것을 친구가 중요하게 여기는 걸 알면서도 존중하지 못하여 실패를 반복하고. 저는 그랬습니다.”

“……귀가 따갑네. 역시 안 좋은 버릇이지?”

“안 좋은 버릇이죠.”

드래거스 부단장은 가볍게 웃으며 말했다. 나는 어깨를 축 떨구고 싶어졌다.

알고 있다. 나도 마법과 마도구를 우선하고 싶은데 걱정된다면서 그걸 뺏는다면 납득하지 못할 테니까.

그렇게 생각하는데도 마음이 마음대로 안 된다.

“소중한 것이 생기고, 그걸 잃거나 잃을 뻔하면 놓고 싶지 않다며 집착하게 됩니다. 집착임을 알면서도 손을 뻗고 싶어지죠. 자신의 수중에 두고 온갖 것으로부터 지켜 주고 싶어집니다.”

“……이해해.”

“그러니 저는 그대로도 괜찮다고 생각합니다. 아니스피아 단장님. 욕심을 부려도 좋지 않습니까.”

“뭐?”

이 흐름에 이런 말을 들을 줄은 몰라서, 드래거스 부단장의 얼굴을 올려다보았다.

드래거스 부단장은 자상한 눈길로 나를 보고 있었다. 가끔 아바마마가 내게 보내는 시선과 아주 흡사하여 살짝 동요하고 말았다.

“욕심부리셔도 됩니다, 아니스피아 단장님. 자신이 하고 싶은 일을 하시면 됩니다. 상대가 그걸 잘못됐다고 여긴다면, 간섭하지 않길 원한다면 본인이 호소하라고 하면 됩니다.”

“……그래도 될까?”

“당신께서 세상을 좋게 바꾸려 하신다는 것을 저는 아니까요. 당신의 이상을 탐탁지 않게 여기는 자도 있겠지만 말입니다. 그만큼 당신께서 이루고자 하시는 일은 큰 겁니다. 때로는 개인의 사정을 묵살하는 일도 있겠죠.”

“하지만 딱히 대의명분이고 뭐고 하나도 없는데? 그냥 내 욕심이잖아…….”

“설령 단장님이 사소하게 여기시더라도, 당신께서 타고나신 입장과 재능이 대의명분이 있는 것처럼 착각하게 만들 겁니다. 그건 어쩔 수 없는 일입니다. 아니스피아 단장님이 보여 주시는 세계가 너무 눈부시니까요. ……하지만.”

드래거스 부단장의 음색이 달라졌다. 이해를 표하듯 다정하던 목소리가 마지막에 와서는 낮고 무거워졌다.

"당신은 사람이지 신이 아닙니다. 기도하지도 않은 자를 구하지 않아도 됩니다. 그러니 다른 사람을 구하고 싶다면 그건 당신의 욕심이어야 합니다. 그리고 그걸 거부하는 자 또한 사람입니다. 당신께서 절대적일 필요는 없습니다. 절대적인 것을 바라신다면 그건 당신의 이기심입니다. 그걸 부디 잊지 마세요."

"……드래거스 부단장은 엄격하네."

한 손으로 이마를 치고서 그대로 얼굴을 덮어 버렸다. 그만큼 엄격한 말이었다.

내 바람을 반드시 이루고자 한다면, 그건 내 욕심이어야 한다.

나는 신이 아니다. 내가 이루고 싶은 것을 거부하는 자는 나와 똑같은 인간이고, 서로의 입장은 대등하다.

아마도, 분명 그런 거겠지. 알지만 삼키기엔 너무 쓰다.

"단장님은 사람의 가능성을 믿고 싶으신 거겠죠. 그렇기에 그것이 바라지 않는 결과가 되는 것을 견디지 못하십니다. 그래서 지키고 싶어지는 겁니다. 미래가 좋기를 바라면서요."

"으~ 귀가 따가워……!"

"다정하시며, 오만하시고, 어리시군요."

"……하지만 믿고 싶잖아."

"예. 그러니 그것이 당신의 욕심임을 자각하셔야 합니다. 욕심부리는 것이 딱히 나쁜 건 아니니까요."

"……하지만 싫어하는 사람도 있어."

"당연합니다. 남들과 어울려 살아간다는 건 그런 겁니다, 아니스피아 단장님. 그리고 당신께서는 원하는 걸 고집부릴 수 있는 힘과 입장도 남들보다 많이 가지고 있으십니다. 똑같은 선함을 내세우더라도 단장님의 선함이 더 크게 보일 겁니다."

"……어떡하면 좋을까?"

"간단한 일입니다."

드래거스 부단장은 어린아이를 타이르듯 온화한 목소리로 말했다.

"잘 어리광을 부리시면 됩니다. 당신의 어리광을 받아 주는 사람에게."

"……그게 어렵잖아."

"그래서 지금 이렇게 곤란해하며 고민하시는 거지요."

드래거스 부단장이 즐겁게 말해서 입술을 삐죽 내밀고 말았다. 어리광 부리라고 해도, 순순히 그럴 수 있었다면 편했겠지만.

알고 있다. 알고 있지만, 알기 싫다고 생각하게 된다.

"아니스피아 단장님은 그저 무사히 돌아오기를 바라는 것도 욕심이라고 생각하십니까?"

"……드래거스 부단장은 욕심이라고 생각해?"

"표현하지 않는다면 부응은커녕 전해지지도 않을 겁니다. 저는 그 기회를 영원히 잃었으니까요. 그래서 계속 후회합니다."

"……이해해. 하지만 부담스럽다고 거부당하는 것도 무섭잖아. 결국 잃게 될지도 몰라."

"그렇기에 잘 어리광을 부리시라고 말씀드린 겁니다. 껌뻑 속아 넘어간 남자의 경험담이니 꼭 참고해 주시길. 뭐, 마지막 순간에는 의지해 주지 않았지만, 그것도 참고가 되겠죠."

"……그런 건 치사하잖아."

진짜 치사하다. 드래거스 부단장이 이렇게 말하면 무시할 수 없다.

"어리광 부리는 게 어려우신가요?"

"……한없이 어리광을 받아 줄 위험한 아이를 알고 있는지라."

"단장님이라면 과하게 빠지지 않을 겁니다. 빠지더라도 도와주러 올 사람이 있습니다."

……부정할 수 없어서 이토록 곤란한 거다.

그렇게 생각하며 입술을 삐죽이고 있는데, 뭔가 맥 빠지는 비명이 들렸다.

무슨 일인가 싶어서 그쪽을 보자, 숲 안쪽에서 나무를 부러뜨리며 천천히 모습을 드러내는 대형 트롤이 보였다.

그 위용에 기사들이 멈칫하는 가운데, 갓군과 나블 군이 동시에 트롤에게 달려들었다.

화염과 바람 칼날이 트롤을 벴지만, 살갗이 살짝 베이고 피가 나는 데 그쳤다.

분노한 트롤이 포효하며 두 사람을 날려 버리기 위해 주먹을 휘둘렀으나, 나블 군은 재빨리 후방으로 물러났고, 갓군은 종이 한 장 차이로 피했다.

근처에 남은 갓군을 목표로 정했는지 트롤이 잇따라 공격을 가했다. 하지만 갓군도 지지 않고 아슬아슬한 회피를 연발했다.

그러나 반격에 나설 여유는 없는지 갓군이 비명을 질렀다.

"우왓—?! 나블 님, 역시 이 녀석은 너무 크지 않나요?!"

"이 일대의 주인으로 마석 개체가 있을 거라고 예측은 했지만, 이 정도일 줄이야!"

……쓰러뜨릴 수는 있겠지만, 지금의 두 사람도 시간이 걸릴 듯한 상대였다. 기사들이 태세를 가다듬는다면 더 편해질 것이다.

냉정하게 상대와의 전력 차이를 분석해 보니 굳이 내가 나설 필요는 없었다. 하지만…….

"……드래거스 부단장."

"말씀하십시오."

"오늘의 목적은 마검의 실전 테스트야. 조금 전까지의 전투로 충분한 성과를 얻을 수 있었다고 생각해."

"호오. 그래서요?"

"만에 하나, 아니, 정말로 가능성은 낮지만, 저 트롤을 상대하다가 마검이 파손될 우려가 있어."

"……그래서요?"

놀리듯이 미소 지으며 드래거스 부단장이 뒷말을 재촉했다.

그런 그가 얄밉다고 생각하면서도, 나는 크게 숨을 내쉬고 말했다.

"마석을 포함해 유용한 소재가 될 것 같은 개체야. 가능하면 거의 손상되지 않았을 때 끝장내고 싶어."

"알겠습니다. 그럼 거의 손상되지 않도록 끝장내 주십시오."

웃음을 참듯이 말한 드래거스 부단장이 헛기침하고 표정을 다잡았다. 그 온도 차가 너무 심하다고 살짝 생각했다.

"—전원 대피하라! 아니스피아 단장님께서 처리하신다!"

드래거스 부단장의 목소리가 울려 퍼진 순간, 트롤을 포위하려던 기사들이 빠르게 길을 텄다.

트롤을 붙잡고 있던 갓군과 나블 군도 튕겨 나가듯이 트롤과 거리를 뒀다.

드래거스 부단장에게 말한 것처럼 소재로서 손상을 적게 하고, 만일의 사태를 피하기 위해. 이 일격은 필살이어야만

한다.

"—「진· 용마심장(드래곤하트)」!"

심장에서 전신으로 단숨에 마력을 순환시켰다. 그 마력은 손에 든 셀레스티얼로 이동했다. 몸에 퍼진 드래곤의 마력으로 강화된 도약은 트롤과의 거리를 단숨에 좁혔다.

필요한 힘으로, 필요한 만큼만. 필요 이상으로 요란하게 해치우지 않아도 되고, 힘을 과시하고 싶은 것도 아니다. 그저 누군가가 다치기 전에 끝내고 싶을 뿐이다.

셀레스티얼을 들면서 동시에 전개한 마력 칼날이 트롤의 목에 육박했다. 이 일격으로 끝내지 못한다면 내가 나선 이유가 없다.

"……아아, 그런가. 이유가 필요하면 만들면 돼."

그 논리가 통하도록 모두를 설득하면 된다.

바라는 걸 이루기 위해 말을 거듭하고, 그 말에 힘을 싣기 위해 강력한 입장을 얻고. 그리고 힘을 가지는 것만큼 책임을 지는 것.

그걸 위해 필요한 각오. 내 욕심을 우기기 위한 각오. 한 번 도망쳤었지만, 지금이라면 분명—.

—확신과 함께 가한 일격은 트롤의 목을 날렸다.

엔딩

하늘이 노을빛으로 물드는 가운데, 숲에서 돌아온 우리는 공터에 모닥불을 피우고 연회를 열었다.

마지막에 마석을 가진 트롤이 나타난다는 사건이 있었지만, 갓군의 플람제레와 나블 군의 빈트를 가지고 한 실전 테스트는 무사히 성공했다.

그걸 축하하고자 1인당 한 잔씩 술을 돌리고, 오늘 얻은 마물의 고기를 듬뿍 베풀어 바비큐 파티를 열기로 했다.

크게 다친 기사들도 없고, 매일 열심히 작업해 주는 목수들도 불러서 먹고 마셨다.

그런 즐거운 연회가 한창인 와중에 불퉁한 모습인 남자가 한 명 있었다.

"아~! 마지막에 그런 거물만 안 나왔어도~!"

"갓군, 취했어?"

"한 사람당 한 잔씩이잖아요. 안 취해요."

갓군은 이미 다 마신 맥주잔을 흔들며 푹 한숨을 쉬었다.

플람제레의 성능은 충분히 증명됐고 테스트는 성공적이었는데, 갓군은 낙담한 기색이었다. 마지막에 트롤을 격파하지 못한 것이 미련으로 남은 듯했다.

"하아~~."

"시끄러워. 모처럼 열린 연회니까 성대한 한숨은 쉬지 마."

"그러는 나블 님도 인상이 펴질 줄을 모르는데요?"

"……그런 날도 있어."

"매일 그렇잖아요."

"시끄러워. 너만 낙담한 게 아니야. 결국 마지막에 아니스피아 단장님에게 수고를 끼치고 말았으니까."

"으음~ 너희가 위험할 것 같아서 나섰던 건 아니야. 두 사람이 충분히 쓰러뜨릴 수 있는 상대였어. 만에 하나 마검이 망가지는 게 무서웠을 뿐이지."

"이유는 이해가 가지만, 끝까지 저희가 토벌하고 싶었어요……."

불만이라고 하기에는 연약하지만, 갓군은 납득할 수 없다는 듯 중얼거렸다. 이에 나블 군은 한층 더 인상을 썼다.

으음~ 예상은 했지만. 그래도 생각보다는 덜 불만스러워 보이네.

"미안하다니까. 앞으로 기회는 더 있을 거야."

"……하아. 따라잡고 싶은데 정말 멀리 계시네요, 아니스 님은."

갓군이 뚱한 눈으로 나를 보며 깊이 한숨을 쉬었다. 그리고 빈 맥주잔으로 시선을 옮기더니 한층 더 애달픈 눈이 되어 하늘을 올려다보았다.

"멀다고 말은 하지만, 두 사람 다 마검을 잘 다루던데?"

"그렇죠. 이번 결과는 저도 좋았다고 생각합니다. 빈트는 저 말고도 기뻐할 기사가 많을 겁니다."

인상을 편 나블 군이 만족스러운 듯 숨을 내쉬며 말했다.

표정이 누그러지니 평소보다 더 제 나이대로 보였다. 그만큼 나블 군도 빈트를 좋게 여긴다는 게 기뻤다.

반면 갓군은 뭔가 생각에 잠긴 듯 입을 다물고 있었다. 평소와는 반대라는 생각이 드는 구도라서 나는 고개를 갸웃하고 말았다.

"갓군?"

"아, 아뇨. 저도 플람제레 덕을 많이 보긴 했어요. 다만……."

"다만?"

"뭔가, 이런저런 생각을 너무 많이 해서 정리가 안 되는데……."

아~ 으~ 하고 끙끙거리며 맥주잔을 놓은 갓군은 머리를 부여잡고서 필사적으로 생각을 정리하는 것 같았다.

갓군이 입을 열길 기다리는 동안, 다 같이 만든 수프를 먹었다. 이게 바로 야외에서 먹는 맛이지, 하며 맛있게 먹고 있으니 잠시 후 갓군이 말했다.

"힘내야겠다는 마음과, 고작 이 정도로 힘냈다고 할 수 있을까? 싶은 마음이 있고, 뭐가 맞는 건지 알 수 없어서……."

"흐응…… 갓군은 뭘 힘내려고 했는데?"

"플람제레를 잘 구사하는 거요. 그건 정말 저 같은 녀석이 가져도 되나 싶을 만큼 엄청난 검이에요."

"하긴, 그 정도 화력을 얻은 가크는 다가가기 어렵지……."

갓군의 말을 듣고 나블 군이 공감하며 고개를 끄덕였다. 자칫 잘못하면 검까지 잘릴 것 같아서 다가가기 싫긴 하지.

거리를 둔다는 방법도 있지만, 원거리 공격은 플람제레의 화력에 무력화되니까 공격하기 어렵다.

"다만…… 도구의 힘으로 강해졌다는 생각도 들고, 고작 이 정도로 힘냈다고 할 수 있을까, 하는 생각도 들어서."

"갓군이 그렇게 말하면 내 입장이 뭐가 돼? 나는 마도구가 없으면 마법을 못 쓰는데?"

"그건 그렇지만…… 그렇다면 더더욱, 마법도 쓸 수 있는데 이 결과는 납득이 안 된다든가. 그런 생각들을 자꾸 하게 되네요."

"마음은 이해해. 나도 빈트를 의지하고 있다는 생각이 들어. 이게 자신의 실력인지 의심하게 돼."

"맞아요! 바로 그거예요! 역시 나블 님. 정확하게 말씀해 주시네요!"

"으, 으음……."

"—받은 도구를 잘 구사하는 것도 자신의 실력이라고 할 수 있지 않을까요?"

갑자기 들려온 목소리에 내 귀가 이상해졌나 싶었다.

하지만 잘못 들은 게 아니었다. 그렇다면 더더욱 믿을 수 없는 일이었다. 황급히 돌아보니 생각지 못한 사람이 서 있었다.

"유피?!"

"안녕하세요, 아니스. 수고 많아요."

"수고 많으시네요, 아니스 님."

"레이니까지?! 왜 여기에?!"

"잠행이에요."

장난에 성공했다는 듯 유피가 입술에 손가락을 올리고 미소 지었다. 그 옆에서 레이니가 난처한 듯 웃고 있었다.

아니, 잠행이라니! 여왕님인데 이런 개척 중인 곳에 오다니!

내가 아연해하고 있으니, 갓군과 나블 군이 허둥지둥 무릎을 꿇었다.

"대단히 실례했습니다, 유필리아 여왕 폐하."

"편히 있어요, 나블. 잠행이라고 했잖아요?"

"아니아니, 잠행이라니…… 나한테는 그렇게나 시끄럽게 굴었으면서! 호위 기사는?!"

"같이 왔죠. 보다시피."

유피가 대수롭지 않게 말해서, 대체 누구일까 생각하며 시선을 돌렸다.

그곳에 서 있는 사람을 보고 나는 확 뿜고 말았다. 어?

왜 이 사람이 여기 있어?!

"호위 기사가 스프라우트 근위 기사단장?!"

"네?!"

"아버지?!"

내가 깜짝 놀라자, 갓군과 나블 군도 덩달아 고개를 들었다.

온화한 미소를 지은 스프라우트 근위 기사단장이 유피 뒤에 서 있었다.

"나블, 가크. 아까 한 말 들었다. 유필리아 여왕 폐하께서 말씀하신 대로, 도구에 의해 실력이 늘었다고 생각하는 건 착각이지만, 도구를 사용하는 건 자기 실력이 아니라고 생각하는 것 또한 착각임을 알아야 해."

"앗, 네…… 어? 아니, 왜 여기에?!"

"유필리아 여왕 폐하를 호위하기 위해서지. 오늘 아니스피아 전하…… 아니, 아니스피아 단장이 신형 마검의 실전 테스트를 한다는 얘기를 들었거든. 자세한 이야기를 꼭 듣고 싶어서 내가 호위하겠다고 했지."

"기, 기사단장이란 분이……!"

"이것도 근위 기사단의 단장으로서 필요한 일이라고 판단했을 따름이야. 아니스피아 단장, 이들을 빌려도 되겠습니까? 마검을 다뤄 본 자들의 이야기를 듣고 싶군요."

"어, 예에, 그럼요……."

"다행입니다. 앞으로도 기사단장끼리 잘 지냈으면 합니다.

그럼 이만."

스프라우트 기사단장은 즐겁게 웃으며 나블 군과 갓군의 어깨를 두드리고서 두 사람을 데려가 버렸다.

아연해하고 있으니 레이니가 유피를 향해 고개를 꾸벅 숙였다.

"유필리아 님, 저는 아버지를 뵙고 올게요."

"네. 천천히 다녀와요."

"감사합니다. 유필리아 님도 편히 보내세요."

레이니는 키득키득 웃으며 즐겁게 걸어갔다. 드래거스 부단장이 이쪽에서 일하고 있으니 만나는 것도 오랜만일 것이다.

아니, 내가 지금 그런 생각을 할 때인가? 이 잠행, 진짜 괜찮은 거야? 호위 기사일 터인 스프라우트 기사단장이 사라졌는데?!

그런 생각을 하다가 문득 주위의 인기척이 사라졌음을 깨달았다.

호, 혹시…… 다들 다가오기 어려워서 도망친 거야?!

"아니스."

허둥거리고 있으니 유피가 내 팔에 팔짱을 꼈다.

큭, 뭔가 오늘은 한층 더 힘이 세다……!

"미안해요. 너무 보고 싶어져서요."

"웃으면서 말하지 마. 전혀 잘못했다고 생각 안 하지?"

"새로운 마검의 테스트 결과를 알고 싶었다는 것도 본심이에요. 분명하게 공무예요."

"거짓말인 게 뻔히 보이는데 너무 당당하잖아……."

"후후…… 잠시 같이 걷지 않을래요?"

"……어리광 부리는 방식이 억지스러워졌네요? 여왕 폐하. 청하시면 거절할 수 없지요."

장난스럽게 말하자 유피가 내게 어깨를 기댔다. 진짜 밀어붙이네. 싫다는 생각은 안 들지만.

나는 모닥불을 중심으로 모여 있는 무리에서 벗어나듯 걸어갔다. 특별히 어딘가 목적지가 있는 건 아니었지만, 유피가 팔을 끌었기에 언덕 쪽으로 나아갔다.

해는 곧 있으면 저물 것이다. 하늘의 색이 밤의 색으로 바뀌는 것도 얼마 안 남았다.

유피의 머리가 바람에 나부꼈다. 발을 멈춘 유피가 아직 건설 중인 거리를 바라보았다.

"완성되는 게 빠르네요."

"보고서는 올리고 있잖아? 역시 마법을 쓰니까 작업 속도가 전혀 달라."

"이 도시의 건설 기록은 중요한 자료가 되겠어요. 머지않아 역사의 전환점이라고 불릴 거예요."

"……그렇게 되더라도 한참 뒤겠지."

"그래도 저희가 살아 있는 동안 반드시 찾아올 미래예요. 저와 아니스가 반드시 그렇게 만들 거잖아요?"

"……오늘은 묘하게 강경하네. 그렇게 어리광 부리고 싶었어?"

"실은 여기 오는 게 조금 기대됐었거든요."

자신의 머리카락을 잡은 유피가 빙글빙글 돌렸다. 정말로 쑥스러워하고 있다는 게 보이는 동작이라서 조금 놀라고 말았다.

이런 어린애 같은 동작을 할 줄은 몰랐고, 그걸 아무런 대비도 못 한 채 보게 된 충격이 엄청났다. 심장이 두근거려서 숨 쉬기 힘들어졌다. 유피에게서 눈을 뗄 수 없어서 숨이 멎을 것 같았다.

"……아니스?"

"갑자기 귀여운 짓 하지 마. 죽어 버리니까."

"귀엽다고요……? 그리고 귀여운데 왜 죽나요……?"

"내가 갑자기 유피한테 어리광을 부리면 가슴이 괴로워질 것 같지 않아?"

"……체험해 보고 싶으니 다음에 부탁드릴게요."

"안 해!"

장난치듯 말을 주고받았다. 깜짝 놀랐지만, 이렇게 유피가 와 줘서 기쁜 것은 얼버무릴 수 없었다.

함께 웃고서, 팔짱 낀 팔을 더 밀착시키듯 거리를 좁혔다.

"……실은 살짝 질투도 했어요."

"질투……?"

"아니스는 이 도시에만 전념하고, 그 외에도 새로운 마검을 만든다며 즐거워 보였으니까요. 알고 있어도 저를 우선해 주지 않는 건…… 서운해요."

"유피, 누구한테 이상한 조언 들은 거 아니야? 아까부터 내가 몹시 괴로워지는 행동만 하는데? 솔직하게 털어놔 봐."

"티르티일까요?"

"그 집순이, 혼쭐을 내 주겠어!"

"농담이에요. ……아마도?"

"왜 아마도야?!"

"제가 서운하다고 상담하면 질색할 것 같지 않나요?"

"……일리 있네."

티르티는 유피한테 나쁜 말을 불어넣을 것 같지만, 그런 얘기를 꺼내면 싫어할 것 같기도 했다. 대체 어느 쪽일까.

고민하고 있으니 유피가 쿡쿡 웃었다. 평소에는 별로 보여 주지 않는 행동을 연속으로 보여 주니 백기를 들고 싶은 심경이었다.

"……하아~ 으~~."

"왜 그러세요?"

"유피가 귀여워서 괴로워. 어째서 전부 함께 할 수 없는 걸까……?"

나는 유피를 끌어안고 어깨에 얼굴을 묻으며 투덜거리고 말았다.

그런 내 어리광을 받아 주겠다는 듯 마주 안은 유피가 등을 토닥거렸다.

유피가 여기 있다는 게 아무튼 기뻤다. 기쁘지만, 다시 떨어져야 한다는 것도 알기에 아쉬웠다.

사실은 여기 있으면 안 된다고. 정말 알고 있는 거야? 그런데 어째서 와 버린 거야?

"……그래서 여기 와 보고 싶었어요."

"유피?"

"이곳은 아니스의 소중한 꿈이 발신되는 곳이 될 거예요. 당신에게도 소중한, 꿈과 소망이 시작되는 곳. 제가 왕이 되었기에 이루어진 일이지만, 그래도 곁에서 함께하는 건 어려우니까요. 그래서 눈에 새겨 두고 싶었어요. 저 자신을 납득시키기 위해."

유피가 내 등을 토닥이던 걸 멈추고 그대로 강하게 꽉 끌어안았다.

우리는 서로의 몸을 부둥켜안고 서로의 고동 소리를 들었다. 둘 다 직성이 풀릴 때까지 껴안은 후, 유피가 살며시 몸을 뗐다.

"이렇게 꿈이 형태가 되어 가는 모습을 보니 어떤가요?"

"……유피한테는 미안하지만, 무척 설레. 매일매일 즐거워."

"그런가요. 그럼 다행이에요……."

"하지만 살짝 괴로워질 때도 있는 것 같아……."

"괴로워진다고요?"

유피가 고개를 살짝 갸웃했다. 내가 허전해한다는 걸 이해하지 못한 거겠지.

나도 이 마음을 허전함이라고 하는 게 맞는 건지 모르겠지만…….

"응응…… 말이 잘 정리가 안 되는데."

"네."

"……권력을 갖고 싶어."

"네?"

"으음~ 이걸 권력이라고 하는 게 맞나……."

"좀 더 구체적으로 말씀해 주실 수 있을까요?"

"……욕심부리는 게 허락될 만한 힘과 성과를 원해."

조금씩 생각을 정리하며, 나는 내 바람의 윤곽을 그려 나갔다.

"나는 꿈을 실현하고 싶어. 좋을지 나쁠지는 사람에 따라 다르겠지만, 나는 멋진 일이라고 생각해. 그래서 힘낼 수 있어."

"네."

"하지만 이건 내 욕심이라는 것도 잊어선 안 될 것 같아. 그래서 욕심이라고 여겨지더라도, 그 욕심이 허락될 만한 힘을 갖고 싶어. 지금 원하는 게 이것저것 많아서 견딜 수가 없을 지경이거든. 기쁘고, 즐겁고, 하지만 괴롭고, 힘들지도 모른다는 생각이 머릿속을 가득 채우고 있어."

내 생각을 말로 표현하다 보니 문득 예전의 내가 떠올랐다.

유피가 왕위 계승권을 얻기 위해 정령 계약을 맺고 양자가 되고 싶어 하기 전까지. 나는 나 자신조차 속이는 가면을 쓰고 있었다.

흘러넘치려는 생각을 그 가면 속에 전부 욱여넣고서 끌어안고 있었다.

꿈을 향해 일직선으로 나아갔다. 하지만 그건 발을 멈추면 나 자신이 짓눌려 버릴 것을 본능적으로 이해했기 때문이다. 지금 생각해 보면 그런 방어 본능이었다.

지금의 나는 그 시절의 나와 조금 비슷했다. 발을 멈추면 짓눌려 버릴 것 같다.

예전과 다른 점은 나를 짓누르려는 것이 기쁨과 즐거움이라는 것이다. 나는 지금 매우 충족되어 있다. 행복하다고 당당하게 말할 수 있다.

"……쭉 행복하고 싶어. 이렇게나 행복하니까, 줄곧 쭉 행복한 게 좋아."

그렇게 말은 했지만 어려울 거다.

행복을 유지하는 건 간단한 일이 아니다. 때로는 내 힘으론 어떻게도 할 수 없는 흐름에 휘말리기도 한다.

하지만 그래도. 이 행복을 놓고 싶지 않다. 그래서 이따금 무서워진다.

"……권력을 갖고 싶다고 하길래 처음에는 무슨 일인가 싶었지만. 아니스는 아니스네요."

어쩔 수 없는 사람. 그렇게 중얼거리며 유피가 이마에 키스했다.

유피의 손이 볼에 닿았을 때, 내 눈에 눈물로 막이 쳐져 있음을 깨달았다.

"……행복하면 무서워지죠."

"유피도 그래?"

"네. 당신이 여기 있는 것만으로도 기쁜데, 기쁘기에 무서워져요. 당신이 없는 세상에 내던져질지도 모른다고 생각하면, 상상만으로도 사라지고 싶어질 때가 있어요."

"절대 유피를 두고 없어지지 않을 거야."

"알아요. ……저희 둘 다, 알아도 두려움을 지우지 못하는 거죠."

서로의 손을 얽어 깍지 낀 채로 이마를 맞댔다. 내 숨과 유피의 숨이 섞였다.

줄곧 변하지 않는 영원한 것은 없다. 그건 라일라나를 부정했을 때 같이 부정했다.

그러니 바뀌선 안 되는 것을 계속 남기기 위해 우리는 노력을 거듭해 나간다.

중요한 일이고, 포기할 생각은 없다. 하지만 계속 노력하는 게 힘들어질 때가 있으니까. 아무리 즐거워도, 아무리 행복해도.

"행복한 채로 끝내고 싶다는 마음…… 이해가 가."

"……그렇죠."

"하지만 버리고 싶지 않아."

"네. 아직 끝내기에는 너무 일러요."

우리는 서로를 지탱하며 격려하듯 말을 나눴다.

유피의 눈을 바라보자 살며시 거리가 가까워졌다. 닿기만 하는 상냥한 키스. 그런데도 가슴이 뿌듯해졌다.

고민이 발목을 잡더라도, 내일도 힘내자는 생각이 드는 것. 그건 의외로 사소한 일일 것이다. 인간은 정말로 변덕스러운 생물이다.

"하지만 아니스가 권력을 의식한 건 좋은 일이라고 생각해요. 앞으로 착실하게 굴어 주신다면 대환영이에요."

"윽…… 그, 긍정적으로 검토하겠습니다."

"그걸 도와줄지도 모르는 이야기를 가져왔어요."

"응?"

"이 도시의 이름이요."

"도시의 이름……?"

왜 화제가 뜬금없이 신도시 이름으로 바뀌는 거지? 확실히 도시 이름은 안 정했지만…….

영문을 몰라 고개를 갸웃하고 있으니, 유피는 즐겁게 웃으며 자신의 입가에 검지를 댔다.

"권위는 성취한 위업에 따라오는 거잖아요? 그렇기에 사람은 위업의 발자취를 증거로 남겨요. 알기 쉽죠?"

"으, 응."

"그리고 이 도시가 완성되면 그게 아니스의 위업이 되는 거잖아요?"

"그렇게 되려나……?"

"당신이 행복하게, 그리고 많은 사람에게 존경받으며 살았다고 증명되는 거예요. 당신을 아는 사람이 똑같이 동경을 품을 수 있도록. 그걸 위해 알기 쉬운 이름을 생각해 왔어요. 이미 찬동도 얻어서 결정됐죠."

"하아……."

무슨 말을 하고 싶은 건지 알 것도 같고, 아직 석연치 않은 것도 같고…….

그리고 유피의 기분이 좋아 보이는 게 신경 쓰였다. 최근 유피가 기분이 좋을 때면 나한테 재난이 닥치는 것 같은데 착각일까……?

"그래서 이 도시의 이름 말인데요."

"응."

"「아니스피아」예요."

"……응?"

"—「마학 도시 아니스피아」. 그게 이 도시에 주어진 이름이에요."

……유피가 무슨 말을 하고 싶은 건지 마침내 이해되었다.

이해한 순간, 몸에서 힘이 쭉 빠졌다. 이것저것 벅차오르는 게 있었지만, 그중 가장 큰 것은 수치심이라 입을 틀어막았다.

어? 이 도시의 이름, 내 이름이야?! 하고자 하는 말은 확실히 알겠지만, 내 이름인 거야?! 무진장 창피한데?!

"……이제라도 바꿀 수 있어?"

"어떻게 설득하시려고요? 이미 상층부가 승인한 얘기인데요."

"주도면밀해……!"

만족스럽게 미소 지으며 말하는 유피를 보고 이를 갈고 말았다.

깊이 한숨을 쉬었다. 그러면서 수치심은 많이 완화되었지만, 결코 사라지지는 않고 내 가슴속에 계속 남았다.

"……하지만, 그런가."

—「마학 도시 아니스피아」. 작게 중얼거려 봐도 실감이 안 났다.

아직 이 도시가 건설 중이기 때문일지도 모른다. 구축되고 있는 풍경을 바라보며 툭 중얼거렸다.

"……앞으로 어떤 풍경이 펼쳐지고, 어떤 식으로 보일까."

"기대되나요?"

"—기대돼. 진심으로."

이름이 남는다는 것은 내가 여기서 살아왔다는 증거가 된다.

환생하여 전생의 기억을 되찾고 벌써 10년이 넘은 나는 골칫거리일 뿐이었다. 이 세계를 소란스럽게 만들 뿐인 존재였다.

하지만 나는 이렇게 이 땅에 뿌리를 내릴 수 있을지도 모른다. 그 상징이 내 이름을 얻은 도시라면…… 그건 아마 진심으로 자랑스러워해야 할 일일 것이다.

다만 그걸 받아들이려면 조금 더 시간이 걸릴 것 같았다.

"기대되네요, 아니스."

"……응."

유피와 나란히 서서, 아직 완성되지 않은 도시를 바라보았다.

하늘에서는 별이 예쁘게 반짝이고 있었다.

■작가 후기

안녕하세요, 카라스 피에로입니다. 『전생 왕녀와 천재 영애의 마법 혁명』 7권을 구매해 주셔서 정말로 감사합니다.

이렇게 여러분에게 선보이게 되어서 가슴을 쓸어내리고 있습니다.

솔직히 저도 7권까지 낸 것이 놀랍습니다.

놀랐다고 하니 생각났는데, 이 작품이 애니가 되고, 그 애니가 호평받고, 게다가 7권과 동시에 팬북이 나오는 등, 올해가 시작된 뒤로 놀라운 일들의 연속이라 어안이 벙벙합니다.

이 작품을 사랑해 주시는 분들이 계셔서 이렇게 다음 이야기를 전해 드릴 수 있습니다. 진심으로 감사드립니다.

7권의 내용을 언급하자면, 이번 권은 새로운 장을 시작하는 이야기라고 해도 될 겁니다.

마학 도시는 인터넷판에서도 나온 이야기이긴 한데, 서적판에 맞춰서 재구축하여 썼습니다.

전천마는 지금까지 별궁을 중심으로 이야기가 진행되었지만, 마침내 아니스가 별궁을 떠나 신천지로 가고, 새로운 캐릭터와도 교류하며 인간관계를 크게 변화시켜 나갑니다.

이 변화는 아니스뿐만 아니라, 아니스와 관련 있는 주변 사람들에게도 파급을 미칩니다. 이번에는 그런 변화의 일부에 특별히 초점을 맞췄습니다.

지금까지 쌓아 올린 것이 있기에 아니스가 성장해 가는 모습을 그릴 수 있었다고 생각합니다.

신천지로 가는 것은 어떤 의미에서 아니스가 크게 성장하는 것에 맞춘 상징적인 의미도 포함되지 않을까 하는 생각도 듭니다.

앞으로도 넓어질 전천마의 세계를 전해 드릴 수 있다면 무척 행복할 겁니다.

이번 권은 왕도를 떠나 새로운 입장을 얻은 아니스를 중심으로 이야기가 진행되었지만, 다음은 유피가 중심이 되는 이야기를 생각하고 있습니다.

지금까지 아니스 시점이 중심이었기에 언급되지 않았던 이야기도 언급해 나가고 싶다고 생각하고 있으니 기대해 주시면 좋겠습니다.

그럼 다음 이야기로 여러분과 만날 수 있기를 기도하며 이만 붓을 놓겠습니다.

카라스 피에로

전생 왕녀와 천재 영애의 마법 혁명 7

초판 1쇄 발행 2024년 8월 10일

지은이_ Piero Karasu
일러스트_ Yuri Kisaragi
옮긴이_ 송재희

발행인_ 최원영
본부장_ 장혜경
편집장_ 김승신
편집진행_ 권세라 · 최혁수 · 김경민 · 최정민
편집디자인_ 양우연
국제업무_ 박진해 · 남궁명일
관리 · 영업_ 김민원 · 조은걸

펴낸곳_ (주)디앤씨미디어
등록_ 2002년 4월 25일 제20-260호
주소_ 서울특별시 구로구 디지털로32길 30 코오롱디지털타워빌란트 1301-1308호
전화_ 02-333-2513(대표)
팩시밀리_ 02-333-2514
이메일_ lnovellove@naver.com
L노벨 공식 카페_ http://cafe.naver.com/lnovel11

ISBN 979-11-278-7708-8 04830
ISBN 979-11-278-6136-0 (세트)

값 8,500원

가끔씩 툭하고 러시아어로 부끄러워하는 옆자리의 아랴 양 1~7권

SUN SUN SUN 지음 | 모모코 일러스트 | 이승원 옮김

이 나 메냐 토제 아브라티 브니마니에
"И на меня тоже обрати внимание."
"어, 뭐라고 한 거야?"
"별거 아냐. 【이 녀석, 진짜 바보네】 하고 말했어."
"러시아어로 독설 날리지 말아줄래?!"
내 옆자리에 앉은 절세의 은발 미소녀, 아랴 양은 의기양양한 미소를 지었다.
하지만, 사실은 다르다.
방금 그녀가 말한 러시아어는 【나도 좀 신경 써줘】란 의미다!
실은 나, 쿠제 마사치카의 러시아어 리스닝은 원어민 레벨이다.
그런 줄도 모르고, 오늘도 달콤한 러시아어로 애교 부리는
아랴 양 때문에 입가가 쉴 새 없이 실룩거리는데?!

전교생이 동경하는 초 하이스펙 러시안 여고생과의
청춘 러브 코미디!

NOVEL

라이트노벨의 새로운 빛! L노벨의 신간은 매월 10일에 발매됩니다. http://cafe.naver.com/lnovel11